便利すぎるチュートリアルスキルで異世界ぽよんぽよん生活

著 御峰《Omine》。

CHARACTERS
―登場人物紹介―
エレナ
しっかり者で
元気な
猫耳族の少女。
ワタル
本作の主人公。
勇者召喚に巻き込まれ、
8歳児に転生。
なぜか
チュートリアルスキルが
ずっと使える。
コテツ
ワタルが前世で
飼っていた柴犬。
強い。
フウちゃん
ワタルが初めて
テイムした
スライム。

アルト
やんちゃな白狐族の男の子。
カミラ
アルトの姉。ちょっと怖い。
ステラ
世界の平和を願う聖女。実は策略家。
エヴァ
現魔王。魔族たちから慕われている。

プロローグ

気づくと僕の目の前に、美しい女性が立っていた。

「ようこそ、ルイ様。貴方様《あなた》は勇者として選ばれました。これから勇者ルイとして異世界に転生し、魔王を倒す存在として人々に迎えられることでしょう。ですが、初めての異世界は戸惑うことも多いと思います。そこで、転生前に異世界を前もって体験できるチュートリアルを用意しました。異世界の色々なことを学べるように、ここだけのチュートリアルスキルも用意しております。ぜひチュートリアルをクリアして、クリア特典を手に入れ、異世界を堪能《たんのう》してくださいませ」

それが彼女――――天使様の最初の言葉だった。

これから勇者となり魔王を倒す。なんてワクワクする響《ひび》きだろうか。

ただな…………僕はルイではない。僕はワタル《渉》という名前だ。

つまり、天使様が呼んだのは僕ではない。

ルイというのは、僕の前に立っている厳《いか》つい男のことなんだろう。

○

「おい、おっさん」

目の前には厳つい男————ルイと呼ばれた勇者が立っている。

「え、えっと……………」

「ちっ、あの時俺も一緒に事故に遭《あ》ったんだろうよ。おっさん、運がよかったな？　俺が勇者じゃなかったら、おっさんは転生することなく消滅してたぜ」

そう。

前世での最後の記憶は、普通のサラリーマンだった僕が、不良に絡まれている場面だ。なんとか逃げおおせたと思ったが、不良の一人に追いつかれてしまった。その男が勇者くんだった。

飛《と》び蹴《げ》りを食らい、転がった僕に勇者くんが近づいて殴ろうとした瞬間、居眠り運転と思われるトラックに二人まとめて轢《ひ》かれてしまったのだろう。その瞬間の記憶はない。

そして、目が覚めたら、天使様が立っていたのだ。

「まあ、これも何かの縁《えん》だろうよ。俺は勇者として新しい人生を送る。おっさんもせいぜい楽しい異世界ライフを送れよ～」

そう言った勇者くんは、目の前にある建物に歩を進める。

ちなみに僕は勇者くんよりは年上だけど、大して歳は変わらなそうなのに……。

どうしてこんなことになったのだろう………家には一人で僕を待っている母さんがいるのに………本当ならば勇者くんを許せないが、平凡なサラリーマンだった僕は、喧嘩《けんか》なんてとてもできる人間じゃない。

だから今は悔《くや》しいけど、生き残ることを最優先に勇者くんと一緒にチュートリアルとやらを受けようと思う。

これから異世界に転生しても安全だという確証はないからね。

なんて思ってたら、天使様が僕をチラッと見る。

「あら？　貴方は勇者様に巻き込まれてここに来たのですか…………？　おかしいですわね。そんなはずはないのですが…………まあ、ここに来られたということから、転生できるのは間違いないですから、貴方にもチュートリアルを受けていただき、転生してもらいましょう。ただ、貴方は勇者ではないので、チュートリアル後に勇者様が授《さず》かるような特典はありません。ですので、自分で生き残ってくださいね」

勇者くんの後を追って建物の中に入ると、メイドの格好をした綺麗《きれい》な女性がカウンターに立っていて深々と頭を下げた。

「ようこそ、勇者様。これからチュートリアルの説明をいたします」

「おい、早くしろ。俺はさっさとチュートリアルをクリアして特典をもらって転生してぇんだよ！」

「では、早速《さっそく》説明に入らせていただきます。現在、勇者様にはチュートリアルの間だけ使える特別なスキルが付与されています。これからそのスキルを使って扉の先のダンジョンに挑戦していただき、最後のフロアボスを倒すと、チュートリアルクリアとなります。クリアと同時に勇者様は転生し、特典が付与されます。勇者様の特典は、一つ目が加護【勇者】、二つ目が聖剣《せいけん》エクスカリバーでございます」

「ふん。取《と》り敢《あ》えず奥の奴をぶっ倒せばいいんだな？　どれどれ――ああ、こうやって武器を出せばいいのか」

勇者くんがそう言うと、その手の中に鉄の剣が現れた。

その剣先の鋭さに驚き、僕は思わず尻餅《しりもち》をついてしまった。

「ん？　がーははは っ！　おっさん。心配するなよ。おっさんを殺しはしないぜ！　ただ黙って俺の活躍を見届けてほしいからな！」

不良だっただけあり、剣を持っても全くひるまない勇者くんはすごいなと思いながら、どこか羨《うらや》ましいとさえ思う。

「おっさん、じゃあな！　俺がフロアボスとやらを倒すまでのんびりしてろよ！」

そう言いながら勇者くんは扉の向こうに走っていった。

よほど転生するのが楽しみなんだろうな……。

そこでようやく立ち上がると、目の前のメイドさんと目が合ったけど、そのあまりの美しさに僕は目を逸《そ》らした。

「あ、あの………チュートリアルスキルってどうやって確認するんですか？」

勇者ではない僕の質問に答えてくれるかは分からないと思いながら、一応聞いてみる。

「はい。目を閉じて心の中でステータスと念じると、確認することができます」

わあ、ちゃんと答えてもらえた！

言われた通り、目をつぶって心の中でステータスと念じてみる。

すると、頭の中にステータス画面が認識できた。

加護という項目に、【チュートリアル】と表示されている。その後には、こんなことが表示されていた。

《スキル》
【チュートリアル終了】
【武器防具生成】
【成長率（チュートリアル）】

【経験値軽減特大】

【全ステータスアップ（レベル比）】

【コスト軽減（レベル比）】

【拠点帰還】

【レーダー】

【魔物会話】

【初級テイム】

【ペット召喚《しょうかん》】


「わあ！　できました！　ありがとうございます！」

するとほんの一瞬だけ、それまで無表情だったメイドさんの美しい目元が動いた気がした。

ん？　僕のステータスが気になったのかな？　だけどすぐにもとの表情に戻った。

「各スキルの詳細をお聞きになりますか？」

「えっ!?　いいんですか？」

「はい。貴方様もチュートリアルスキルを獲得しているので、聞く権利がございます」

無機質な声だけど、どこか温かみも感じる。

「それではお願いします！」

どうしてだろう。メイドさんはほんの少し笑っているように見えた。

それからメイドさんは、一つ一つ丁寧に説明してくれた。

メイドさんの説明によると、チュートリアルスキルは全部で十一個。

まず一番目は【チュートリアル終了】というスキルで、チュートリアルのフロアボスを倒すと強制発動するものだそうだ。

メイドさん曰《いわ》く、これが発動することによって、勇者くんには特典が与えられるらしい。けど、巻き込まれた僕は転生自体が特典になるので、勇者くんのような特典は与えられないとのこと。

そして二番目は【武器防具生成】。

勇者くんが剣を出したように、武器と鎧《よろい》、盾《たて》、兜《かぶと》、ブーツ等を生成して呼び出せるそうだ。

レベルが上がれば、消費魔力が多く必要な強い武器や防具も出せるらしい。

三番目は【成長率（チュートリアル）】。

異世界では、レベルが上がるごとにステータスというのも上がるそうだ。

ゲームとかに出てくるレベルやステータスと同じ感覚だろう。

レベルが1上がる度に増えるステータス量――つまり成長率は、加護によりある程度決まっているそうで、異世界で最も高い成長率の加護はもちろん【勇者】だ。

だがチュートリアル中には【チュートリアル】という加護がつき、その成長率は【勇者】の加護の成長率の二倍になっているらしい。

ちなみに、（チュートリアル）と括弧《かっこ》書きで表示されているのは、このチュートリアル仕様の成長率が適用されているからのようだ。

四番目は【経験値軽減特大】。

レベルを上げるためには魔物を倒す必要があり、魔物を倒すと経験値を獲得できて、それが一定数値貯まるとレベルアップする仕組みだ。

このスキルはレベルアップに必要な数値が八割減るというスキルで、最弱の魔物を倒してもすぐにレベルが上がるそうだ。

五番目は【全ステータスアップ（レベル比）】。

このスキルは全ステータスに、数値がプラスされる。

スキル名にあるレベル比とは、レベルに応じて効果が高まるという意味のようだ。

異世界では能力を下げるスキル、つまりデバフスキルが存在するのだが、そのデバフスキルなどでステータスが下がったとしても、このスキルでプラスされたステータスはその影響を受けないらしい。

全ステータス九割減のようなデバフスキルを食らっても、このスキルがあれば一定のステータスが残るとのことだ。

六番目は【コスト軽減（レベル比）】。

これはとても単純らしく、スキル使用に対するコストを軽減してくれる。

スキルを使用する際に使う魔力を軽減し、スキル使用後に行動を制限するディレイも軽減してくれるのだ。

レベル99まで上げると最高軽減率に到達できて、コストを99％軽減するとのこと。

七番目は【拠点帰還】。

拠点として登録した場所に、いつでも転移できるスキルだ。

八番目は【レーダー】。

ゲームとかでよくあるマップのようなモノで、周囲の地形と存在全てが感知できる。常時発動しているパッシブスキルで、魔力の消費はしないらしい。

レベルが上がると感知範囲が広くなるらしいけど、レベル1でもチュートリアルゾーンは全部見えるみたい。

それと、全ての隠密《おんみつ》スキルを見やぶれるらしい。

九番目は【魔物会話】。

異世界で脅威《きょうい》となっている魔物。魔物の中でも高位魔物ともなると高い知能があるそうだ。

そんな高位魔物たちと会話ができるスキルだ。

十番目は【初級テイム】。

弱い魔物をテイムできるスキルで、自分と波長が合う種類の魔物しかテイムできないそうだ。

でも、ステータスの数値が増えれば増えるほど、テイムできる数が増えるみたい。

最後は【ペット召喚】。

テイムした魔物は従魔《じゅうま》として登録されるが、心を通わせた魔物などがペットとして判定されることがあるらしい。そんなペットをいつでも召喚できるスキルみたい。

そういえば、飼っていたコテツは元気にしているだろうか…………まだ小さな柴犬《しばいぬ》で、とても寂《さび》しがり屋だ…………。

コテツのことを思うと、ちょっぴり涙が出た。

もう二度と会えないと思うと悲しくなってしまい、どんどん涙が出て止まらない。

あの日、僕はどうしてあの道を通ったのだろう。

いつもの大通りを通っていれば、勇者くんに巻き込まれることもなく、母さんとコテツが待っている家に帰れたはずなのに…………。

「…………」

「メイドさん。説明ありがとうございました」

一生懸命に説明してくれたメイドさんに感謝を伝える。

「どういたしまして。異世界ライフを楽しんでくださいませ」

「はい！　とても楽しみです！　勇者にはなれませんが、一生懸命に生きてみます！」

「…………」

返事はない。
僕はメイドさんに深々と頭を下げて、勇者くんが向かった場所に向かう。
しかし、その時。

――『フロアボスが倒されました』
――『これにより、スキル【チュートリアル終了】が強制発動しました』
――『これにより、チュートリアルスキルは全て消滅します』
――『これよりチュートリアルから転生に切り替わります』

えええええ!?
勇者くん、もうフロアボスを倒したの!?
建物内に響いた声に慌てていると、少しずつ視界がかすんでいく。
めちゃくちゃ眠い……。
チュートリアルも体験しないで転生するのか…………僕ってどこまでもどんくさいね。
メイドさん、せっかく説明してくださったのに、本当にごめんなさい。
でも異世界では頑張りますからね！
眠りに落ちていく途中で、さっきの声が続いている気がする。

だけど、眠すぎて…………何を言っているのかはよく分からない…………。

――『チュートリアルが終了しました』

――『チュートリアルスキルを観測しました』

――『チュートリアルが完了していません』

――『エラー、エラー、エラー、エラー、エラー』

――『エラー、エラー、エラー、エラー、エラー』

――『エラー、エラー、エラー、エラー、エラー』

――『【大地の女神の加護】を確認しました』

――『【大地の女神の加護】により、被験者を転生させます』

――『転生者ワタルを確認。構成します』

第1話

ぐぅ～と腹が緊張感なく音を鳴らす。あ…………お腹空《す》いた…………。

あれ？　ここどこ…………？

空腹で目が覚めた。

あれ？　真っ青な空が広がっている。

それに僕を撫《な》でるように優しく吹いている風がすごく気持ちがいい。

空腹だけど、身体《からだ》はとても軽いので、上半身を起こす。

ん？

自分の腹を見つめると、そこにあるのはいつものぽよんぽよんした腹ではなく、スリムな腹だ。

スリムどころか、身体までめちゃくちゃ小さくない⁉　あれ？　手も足も短い⁉

視界を塞《ふさ》ぐ髪の毛が見える。手で触ってみると自分の髪の毛なのは間違いない。

なのに――

色が金⁉　金髪になんて染めたこともないのに！　それに髪めっちゃさらっさらじゃん！

ゆっくり何があったのか思い出す。

確か――

そうか、僕って異世界に転生したんだっけ。

ぐぅ～。

お腹空いたな………。

ひとまず、心の中でステータスを意識してみる。

《ステータス》
名前　：　ワタル
種族　：　人族
年齢　：　八歳
加護　：　【チュートリアル】
　　　　　【大地の女神の加護】
レベル：　1
HP《体力》　：　10
MP《魔力》　：　10
STR《力》　：　1＋10
VIT《生命力》　：　1＋10
DEX《器用》　：　1＋10
AGI《俊敏》　：　1＋10
INT《知力》　：　1＋10
RES《精神力》　：　1＋10
《スキル》

【武器防具生成】
【成長率（チュートリアル）】
【経験値軽減特大】
【全ステータスアップ（レベル比）】全ステータス＋10
【コスト軽減（レベル比）】全スキル１％減
【拠点帰還】
【レーダー】
【魔物会話】
【初級テイム】
【ペット召喚】

あれ⁉

【チュートリアル終了】以外のチュートリアルスキルがそのまま残ってる⁉

それにチュートリアル中のステータスの加護部分には【チュートリアル】しかなかったのに、今は【大地の女神の加護】というものがある。

何が起きたか分からないけれど、転生したのにチュートリアルスキルがそのまま使えるってことでいいのかな？

ひとまず、スキルが使えるか試してみよう。

と思ったけど、使えるスキルあるのか？

【武器防具生成】にしてみようか――と思ったけど、なんとなく【ペット召喚】が気になる。どうしても飼っていたコテツの顔が浮かんでしまう。

ちゃんとご飯食べているのかな………母さん、ちゃんと散歩に連れていってるのかな？

まあ、ダメもとで使ってみよう。

「スキル【ペット召喚】」

声に出して、自分で驚いてしまった。年齢が八歳なだけあって、声も幼《おさな》いね。

直後、僕の目の前の地面に魔法陣《まほうじん》が現れる。魔法陣が光り輝き、その中に小さなフォルムが現れ始める。小さなフォルムは段々形を作り――

「コテツ⁉」

僕が声を出すより早く、現れたその物体――コテツは僕に跳びついてきた。

「ワンワン！」

「コテツ⁉　本当にコテツなの⁉」

「ワンワンワン！」

いつも通り元気そうなコテツが僕の懐《ふところ》に跳び込んできて、僕がそのまま倒れ込むと、コテツは

僕の顔をこれでもかってくらい舐《な》め始める。

「あははは～！　くすぐったいよ～コテツ～」

コテツとじゃれ合って、まさかの幸せを感じて、気づけば僕の目からは大粒の涙が流れていた。


しばらく嬉しさのあまり時間を忘れていると、また勢いよく僕の腹が「ぐう～」と音を鳴らした。

「くぅん？」

「あはは………そういえばお腹空いてたんだっけ。どうしよう？　お金もないし、町も見えないし、何か食べ物がないか探してみようか」

「ワンワン！」

するとコテツが森の中に走っていく。

⁉

コテツ⁉　めちゃくちゃ速くない⁉　前世とは比べものにならないくらい速いんだけど⁉

急いでコテツを追って走っていく。意外に僕もコテツほどじゃないけど、前世よりもだいぶ速く走れた。こんな風に走れるのも異世界のステータスのおかげかな？

平原を通り抜けて、森に入っていく。

スキル【レーダー】が常に発動していて、自分の心の中で見れるマップを辿《たど》り、コテツを追っていく。

コテツは青い点で表示されているけど、青は味方ということなのだろうか？

マップで止まっているコテツを見つけて、急いで追いつく。木の下までやってくると、嬉しそうに尻尾《しっぽ》を振っているコテツが見えた。

「コテツ～速すぎるよ～」

八歳の子どもの身体では普通の木すら大きく見えるんだな。

大人になって感じなくなったけど、今は周りのものが大きくて、それだけでワクワクする。

コテツが、今度はなんと木に登っていく。

高くそびえ立つ樹木を見上げると、上まで登ったコテツが「ワンワン！」と鳴き、木の実を落としてくれる。

ステータスのおかげで、木の実を地面に落とさずに全て受け取ることができた。

十個ほど木の実を落としてくれたコテツが下りてくる。

「コテツ、ありがとう！　一緒に木の実食べよう」

「ワンワン！」

木の実の皮を剥《む》いて、コテツの前に置く。

「コテツもお腹空いたでしょう。さあ、食べて～」

コテツは尻尾を振りながらも木の実を食べずに、木の実と僕を交互に見続ける。

「あれ？　お腹空いてないの？」

「ワンワンワン！」

コテツが木の実を僕に向けて押してくる。

そっか……僕がお腹空いてるから先に食べていいと言いたいのね。

「じゃあ、一緒に食べよう！」

僕も急いで木の実を一つ剥く。

そして、コテツと顔を合わせて「いただきます！」と言って、木の実にかぶりつく。

ん!?　う、美味《うま》い！

木の実の甘い匂いがふんわりと広がって、みずみずしくて丁度《ちょうど》いい歯ごたえで、パクパク食べれてしまう。

どうやらコテツも気に入ったようで、嬉しそうに尻尾をぶんぶん回しながら木の実を食べる。

それから僕とコテツは残りの木の実も全てたいらげた。

お腹いっぱい木の実を食べ、コテツと一緒に森を散歩する。

いつもはリードをつけて散歩をしていたけど、異世界だし、リードもないのでコテツは自由に歩かせている。

「あっ！　コテツ！」

「ワン？」

「絶対に人を噛《か》んだりしちゃダメだからね？　リードもないからあまり遠くに行かないでよ？」

「くぅん…………」

コテツをひと撫でしてあげると、理解してくれたようだ。

なんとなくだけど、スキル【ペット召喚】で呼んだコテツは、前世より僕の言うことをちゃんと理解してくれるようになった気がする。

その時。遠くで大きな音が鳴り響く。何かを吹き飛ばす音だ。

「ぐるぅぅぅ」

コテツも緊張した表情で、音が鳴った方向を睨《にら》む。

間違いなく何かがいる。

コテツを召喚した時に魔力を10使ったので、僕の残り魔力は0だ。

【武器防具生成】を行うには魔力が1以上必要なので、武器も出せない。

「コテツ！　逃げよう！」

しかし、コテツは音がする方に向かって吠《ほ》え続ける。

「コテツ!?　どうしたの!?　何か危ないことが起きるかもしれない！　逃げようよ！」

それでもコテツは頑《かたく》なに僕の言うことを聞いてくれない。

遠目に木々が倒れるのが見える。

そして、その隙間《すきま》から大きな影が見え始めた。

「コテツ！　お願い！　逃──」

「ワンワン！　ワンワン！」

吠えたコテツが影に向かって走り出した。

「コテツ！！！」

自分の腕の中から消えた温もりが、やっと会えた家族が、僕の手からすり抜けることに、転生する前に感じた悲しさが込み上げてくる。

ワタル！

お前はやっと出会えた家族を失いそうになっても何もしないのか⁉

なんのために転生して、なんのためにステータスやスキルがあるんだ！

前世でイジメを受けて通わなくなった剣道。

あの頃、剣道は愛する者を守るモノだと教わった。

だから自分をイジメてくる相手に竹刀《しない》を向けることなどしなかった。

あれ以来竹刀は握っていない。

でも心のどこかで誰かを守りたいと、ずっと思っていた。

今ここでコテツを守らなかったら、この先、ずっと後悔するかもしれない。

いや、絶対後悔し続けるだろう。

だから、僕は隣に落ちていた木の枝を拾い、コテツが向かった場所に走っていく。

どうか……無事でいてコテツ。絶対に守ってみせる。

すぐにコテツの鳴き声が聞こえ、その声とは別の大きな声が聞こえる。

木々を抜けた先は少し広くなっており、素早く動き回るコテツ、そして――自分が知っているものとはあまりにも違う大きさの猪《いのしし》が見えた。

コテツが巨大猪を爪《つめ》で素早く切り裂きながら攻撃を続けている。猪の攻撃に決して当たることなく、頑張っている。

けれど、体格の差を見るだけで分かるように、コテツなんて猪の一撃で吹き飛びそうだ。

だから僕も拾った木の枝で応戦する。

コテツほどじゃないけれど、ＡＧＩ《俊敏》が11となっている僕は、そこそこ速く動けている。

さらに巨大猪の動きが不思議と読めるようだ。

前世で剣道をしていた頃、相手の動きを見極《みきわ》められる時があった。

いわゆるゾーンに入るというやつかな？

緊張感で研ぎ澄まされた感覚が、巨大猪の動きとコテツの動き一つ一つを冷静に把握する。

コテツが右に跳ぶ。

巨大猪が右を向くはずだ。
１、２……よし。
振り向いた巨大猪の大きな牙《きば》が生えた顔を目掛《めが》けて木の枝を叩き込む。

木の枝とは思えないくらいの轟音《ごうおん》が響き、僕が叩き込んだ木の枝が巨大猪の目に刺さった。

巨大猪の次の攻撃は――――避《よ》ける必要もない。

なぜなら、コテツが極限まで猪の体力を減らしてくれたところに、最後の僕の攻撃がクリティカルヒットし、巨大猪がその場で倒れ込んだからだ。

僕にまっすぐ跳び込んできたコテツと倒れ込むと、またコテツに顔を舐められる。

「あははは～コテツ～くすぐったいってば～！」

僕は自分の手で家族を守った喜びと安堵《あんど》、そして幸せを感じた。

ありがとう、コテツ。僕の心に勇気を灯《とも》してくれて。

その時――頭の中に不思議な声が流れる。


―　**経験値を獲得しました。**　―

―　**レベルが上昇しました。**　―


巨大猪を倒したことで、初めての経験値を獲得でき、レベルアップまでできたみたい。

心の中でステータスを見る。

レベルは11に上がっていた。一気に10も上がったんだ………。

まあ、見た目も強そうな猪だったし、実際とても強かったからね。

ステータスに関しては、体力と魔力がそれぞれ10から210に上がっている。

レベルが1上がるごとに20増えた感じだ。

他のステータスも全てが同じように上がっていて、1＋10から101＋110となっている。＋110の部分が【全ステータスアップ（レベル比）】の効果で増えてるみたいだ。ステータスはレベルが1上がるごとに10増え、＋の部分も10増えたみたい。

つまりレベルが1上がるごとに合計20ずつ増えている。

確かチュートリアルの成長率って、勇者の二倍だっけ。

と考えると勇者はレベルアップ時、体力10、魔力10、ステータス5ずつ上がる計算になるのか。

それに比べるとチュートリアルは、体力と魔力は二倍、ステータスは【全ステータスアップ（レベル比）】の増加分含め結果的に四倍になるんだね。

レベルアップのおかげなのか、身体がとても軽く感じる。

レベル1の時と比べて、もっと軽く、さらに速く走れる気がする。

コテツとのじゃれ合いも終わったので、巨大猪の周囲を走ってみる。

――――速っ!?

自分の身体とは思えないくらい速く走れる。さっきのコテツよりも速く走れる気がする!?

やっぱり速く走れるのはステータスのおかげみたい。

「ワンワン！」

僕の後ろを同じ速度で走るコテツの鳴き声が聞こえる。

ええええ!?　コテツも速くなってない!?

明らかに先ほどとは比べものにならないほど速く走っているコテツ。

今の僕よりも速く走れそうなんだけど………。

そんな感じで上がったステータスに感動してコテツと遊んでいると、僕の【レーダー】に複数の生命体が感知される。

と同時にコテツも耳をピクピクさせる。

「コテツ。どうやらたくさんの人が来るみたい」

「ワンワン」

「どうしよう？　一応【レーダー】の色は黄色い。味方なら青だろうから、中立もしくは敵なのかな………」

「ワンワン！」

なんとなくだけど、このまま待とうって言ってるのかな？

なんだかコテツの言いたいことが分かる気がする。これもスキル【ペット召喚】の効果なのかも。

少し緊張しながら、彼らが着くまで巨大猪の前で待機する。

念のために今ある魔力で剣でも出しておくか？

「スキル【武器防具生成】！」

魔力が210もあるので、50を使って武器を出す。

僕の身体の大きさに合わせたかのように、少し短くて細い剣が出てきた。

前世でいうとレイピアと呼ばれる剣かな？

丁度生成が終わった頃、【レーダー】で感知した人々が姿を現した。

「えええええ⁉」

「ええええ⁉」

現れた人々と顔を合わせた途端、お互いに叫んでしまった。

だって……だって！

「猫耳《ねこみみ》‼」

「人族⁉」

最初に出てきた女の子が驚いて声を上げた。

続いて大人と思われる動物人間（？）たちが次々出てくる。

この人たちって、もしかして…………異世界ならではの「獣人族《じゅうじんぞく》」なのか⁉

警戒している彼らの中から、一人の男性がこちらにゆっくり歩いてくる。

両手を上げているので、戦う意思はないと思われる。

そこで僕の意思を伝えてみる。

「えっと、こちらに戦う意思は全くありません！」

「ワンワン！」

「!?」

男性は僕とコテツの顔を交互に見て、決意したかのように大きく頷《うなず》いた。

「初めまして、俺は猫耳族のゲラルドという」

「初めまして、僕は人族のワタルといいます。こちらは相棒のコテツです」

「ワンワン！」

お互いに武器をしまい、少し距離を取っている。

戦いの意思がないと分かったので、向こうの表情も暗くはないね。

「一つ聞きたいのだが、後ろのダークボアを倒したのは君かい？」

「ダークボア？　この猪でしたら、僕とコテツで倒しました」

そう話すとゲラルドさんの後方から驚きの声が上がる。

「う、嘘よ！　子どもに倒せる魔物じゃないわ！」

女の子が大声で言った。

ゲラルドさんが手を上げて制止する。

「すまない、ワタルくん。ダークボアは我々でも全力で戦ってようやく倒せる魔物でね。この子には君が倒したということがとても信じられないのさ。悪気はないので許してやってほしい」

やっぱり、あの猪って強いんだね。ほぼコテツのおかげではあるんだけど。

「いえいえ、僕というよりは、こちらのコテツが強いんですよ」

「………コテツ殿。失礼だがお二人が倒したのは事実でありますかな？　しかも、コテツ殿が主戦力となって……」

ゲラルドさんが急に敬語でコテツに話しかけた。

「ワンワン！」

またゲラルドさんの後方から驚きの声が上がる。

「さようでございますか。疑ってしまい、申し訳ございません」

「えっ!?　もしかしてゲラルドさん、コテツと会話してます!?」

「ああ。我々は動物と話せる力を持っているからね」

へぇー！　その能力、ちょっと欲しいかも！　僕もコテツと喋《しゃべ》ってみたいなあ。

コテツを見つめると、コテツもつぶらな瞳で僕を見つめてくる。

少し口を開いて、小さな可愛らしい舌を見せながら息をするコテツが可愛い。

思わずその頭を撫でていると、ゲラルドさんの後方からまた驚きの声が上がる。

どうやら敬語を使ってしまうくらいすごい存在だと思っているコテツを、僕が撫でたことにびっくりしたらしい。

「ところで……皆さんはどうしてここに来たんですか？」

「あ、ああ………我々はそちらのダークボアが出没したので、被害が大きくなる前に退治しようところして探していたのだ」

「このダークボアって、そんなに大変な魔物なんですか？」

「もちろんだ。ダークボアは見るモノ全てに突進する性質を持っている。このままでは我々の畑を荒らし、家畜《かちく》も食われてしまうのだ。この度はダークボアを退治してくれてありがとう」

「いえいえー、これもたまたまですから。えっと、もう一つ聞きたいんですけど」

「うむ？」

「このダークボアって、皆さんにとって有用な使い方はありますか？」

「有用な使い方？」

「はい。例えば――肉を食べるとか？」

すると、後ろで聞いていた女の子が元気に手を上げる。

「ダークボアの肉はとても美味《おい》しいのよ！」

へぇー！

前世では猪の肉って臭《くさ》みがあるって有名だったから、これほど禍々《まがまが》しくて巨大な猪は食べられないと思ったけど、そうでもないみたいだ。

「えっと、それでしたら一つ提案があります――」

僕の提案を聞いた女の子は喜びのあまり跳びはねる。

他の皆さんも笑みを浮かべてくれた。

リーダーと思われるゲラルドさんも快諾《かいだく》してくれて、僕は異世界に来て初めて――人が住んでいる場所に行くこととなった。

第2話

森を抜けた先には、丸太の壁に囲われた場所が見えた。

「ワタルッ！　あそこが私たちが住んでいるジエロ町だよ！」

声を上げたのは、茶色のショート髪に可愛らしい猫耳があり、綺麗な青い瞳を持つ女の子だ。彼女はエレナという名前で、僕と同じ歳でとても活発な性格みたい。

エレナちゃんが指差した場所を眺める。

ジエロ町には彼女と同じような猫耳の獣人たちがたくさんいた。

僕たちが近づくと、町からも複数人の獣人たちがやってくる。僕らの持つダークボアを見つけたからか、その顔はとても明るかった。

「ゲラルドさん！　おかえりなさい！」

「ただいま。今日はお客様がいる。こちらのダークボアを倒してくれた少年だ。宴会の準備を進めてくれ」

「!? は、はいっ！　かしこまりました！」

青年の獣人さんはダークボアを持った皆さんと一足先に町に入っていく。

エレナちゃん曰く、猫耳族はとても強いらしくて、あんなに巨大な猪もみんなで持てば簡単に運べた。

ちなみに、僕でも片手で持てるみたいなんだけど、そのことは伏せておいた方がいいのかもしれない。

「エレナ～！　貴方～！」

声がした方を見ると、綺麗な女性獣人さんが一人、声を上げながら手を振っていた。

エレナちゃんをそのまま大人にした感じの美人さんだ。

「お母さん！」

エレナちゃんも手を振りたそうにしているが、コテツを両手に抱えているので、そのまま小走りで、お母さんと呼んだその女性のもとへ走っていく。

「あはは、すまないね。ワタルくん。うちのエレナが随分《ずいぶん》とコテツ殿を気に入ったようでな」

「大丈夫ですよ～。コテツも可愛らしい女の子に抱っこされるの久しぶりのはずですから」

「うむうむ。うちのエレナは可愛いからな！　がーははははっ！」

ゲラルドさん、親馬鹿《おやばか》だね！

町の入口に着くと、エレナちゃんの母親が優しい笑みを浮かべて、僕と目の高さを合わせるかのようにしゃがんでくれる。

「初めまして、私はエレナの母、エリアナよ。この度はダークボアを倒してくれてありがとね」

「いえいえ、たまたまでしたから。それよりも美味しいお肉が食べたいのでお願いします！」

「うふふ〜任せておいて！　う〜んと美味しいダークボアの料理を作るわ！」

実はさっき僕が森で提案したのは、ダークボアを渡す代わりに、そのお肉をご馳走《ちそう》してくれというモノだ。

だって、あのまま放置しても、僕じゃ調理ができないからね。

あと、あの牙とかで武器が作れるらしいので、それは猫耳族にあげることにした。

僕は武器や防具がいつでも生成できるからね。

町の中に入ると事前に噂が広まっているようで、多くの猫耳族の獣人さんたちが手を振って名前を呼んでくれる。

ちょっとした英雄《えいゆう》扱いがどこかこそばゆいけど、悪い気は全くせず、とても嬉しい。

あまり慣れないが、手を振って応《こた》える。

そんな僕を見ながらニヤニヤしているエレナちゃんとコテツの顔が見える。

コテツまで……。

そのままお客用の家に案内され、ゲラルドさんの厚意で何日でも泊まっていいと言われた。

まだ予定とかはないが、今晩は宴会がてら一泊はしようかなと思う。

案内が終わって、エレナちゃんやコテツと遊んでいるとエリアナさんに呼ばれ、僕たちはエレナちゃんの家にあるお風呂に向かった。

「って！　なんで僕とエレナちゃんが一緒に入るんですか⁉」

「あら？　うちのエレナではご不満かしら？」

「い、い、いえ！　そういうことじゃなくて、僕は一人でも入れますから！」

「うふふっ、ワタルくんって確か八歳だったわね？」

「………はい……」

そうだった……。今の僕って八歳児だった………。

なんの躊躇《ちゅうちょ》もなく服を脱ぎ捨てコテツを連れて風呂に入るエレナちゃん。

エリアナさんにいざなわれるがまま、服を脱がされ、僕は人生で初めて母親以外の女性と一緒に風呂に入った。

この世の楽園と呼べる状態だった、かもしれない。

なすがまま、エリアナさんに全身を洗われる。

えっと………エレナちゃん。恥ずかしいから、あんまりじっと見ないでほしいな………。

身体も綺麗になったところで、エリアナさんが調理に向かい、僕とエレナちゃんはコテツと一緒に遊んで待つことになった。

「ワタルくんってどこから来たの？」

「それが覚えていないんだ」

「え!?」

一応ぼかしておかないとね。

違う世界から転生したとか説明が難しいし、受け取る側《がわ》も理解できないだろうからね。

「僕は名前しか覚えていないんだ。コテツが僕の家族ってこと以外は何も覚えてないよ」

「そっか…………」

目を細めたエレナちゃんが僕の頭を撫でる。

「エレナちゃん!?」

「よしよし、記憶がなくてもね？　これから素敵な思い出をた〜くさん作ればいいのよ！」

なんだろう。幼女に諭《さと》されたこの気分。

でも――――悪い気はしない。

「うん！　ありがとう、エレナちゃん」

エレナちゃんの眩《まぶ》しい笑顔がとても素敵だ。

○

宴会が始まり、テーブルに美味しそうな料理がたくさん並ぶ。

猫耳族の獣人さんたちが木で作ったジョッキを片手に、絶《た》え間なく笑い声を上げた。

そして、最後の主役、エリアナさんの手の込んだダークボアの肉料理が運ばれる。

これは――――どこをどう見ても鶏《とり》の唐揚《からあ》げだ。猪の魔物なのに……。

「ワタルッ！　ダークボアの包《つつ》み肉《にく》だよ！　とても美味しいから食べてみて！」

エレナちゃんが満面の笑みで勧めてくる。よほど自信があるのだろうか。

匂いだけで既に美味しいだろうと感じてしまうくらいには、香《こう》ばしい匂いが広がっている。

箸《はし》はなく、ナイフとフォーク、スプーンが主流のようなので、フォークを手に、包み肉という名の唐揚げにゆっくり刺し込む。丁度いい弾力がフォークを伝わってくる。が、決して硬い部分はなく、フォークは止まることなく奥まで刺し込めた。

するとフォークの先から透明な肉汁《にくじゅう》が溢《あふ》れ出て、唐揚げの表面を伝いゆっくり落ちていく。

中から溢れる香《かお》りがまた食欲をそそる。

熱々な唐揚げに息を懸命に吹きかけると、真っ白な湯気《ゆげ》がふわっと広がり、その度にお肉の香ばしい匂いが鼻を刺激する。

――早く食べたい。そろそろ大丈夫かな？

恐る恐る、唐揚げに噛みつく。口の中にぶわーっと一気に広がる肉汁の濃厚な味と共に、タレの味が相まって、とんでもない美味しさだ。

「う、美味い！　こんなに美味いお肉は初めて食べるよ！」

思わず声が出てしまうくらいに美味しい。

前世でもお金があると、とにもかくにも美味しいモノを食べ回るのが趣味だった。

そんな僕が住んでいた東京は美味しいモノに溢れている街なのに、そんな街でもこれほど美味しい唐揚げは食べたことがない。

ダークボアのお肉を長年研究した猫耳族だからこそ、ここまで濃くも鮮やかで繊細《せんさい》な味が表現できるのだと思う。

あまりの美味しさに、次々と唐揚げを食べていく。

「ワタルッ！　そんなに急いで食べなくても包み肉はたくさんあるからね？　ほら、包み肉置いておくよ～」

優しいエレナちゃんは、先回りしてふーふーと息をかけて冷ましてくれた唐揚げの皿を僕の前に置く。自分も食べたいだろうに、殆《ほとん》どの唐揚げを僕に渡す彼女に優しさを感じる。

お互いに口の中でもぐもぐしながらエレナちゃんと目が合って笑顔になる。

こんな美味しい料理を食べれるなんて。

異世界に転生して不安しか感じなかったけど、コテツにも会えて、猫耳族という優しい人たちにも会えて、転生してよかった――と言い切るのは、前世にいる母さんに申し訳ないけど、この世界なら楽しく生きられそうだ。

だから、母さん。心配しないで。

僕は異世界を頑張って生きていきます。

「ワタルくん、これも美味しいわよ～」

エリアナさんがまた美味しそうなサラダを持ってきた。

珍しい野菜が並んでいて、ドレッシングも見たことない色をしている。

恐る恐る一口食べてみると、肉とはまた違う美味さを感じる。

ほんの少しの苦さと野菜の甘みをしっかり感じる。

青臭さは全くなくて、ドレッシングも口から鼻に抜ける爽《さわ》やかな香りがしてとても美味しかった。

宴会が終わり、お腹いっぱい食べてその日はゆっくり眠りについた。

第3話

ん…………暑苦しい…………。

目を覚ますと、腕に温かいモノを感じる。

「ん…………むにゃむにゃ…………」

あ……れ？　女の子の声…………？

「ん⁉」

可愛らしいエレナちゃんが僕の腕にくっついて眠っていた。

「エレナちゃん⁉」

「ん…………ワタル……？　もう起きるの……？」

ゆっくり起き上がった彼女は眠たそうに目をこする。

ま、ま、まさか人生で初めて女の子と同じベッドで眠ったの⁉

「おはよぉ〜ワタル〜」

「お、おはようございますぅ……」

「うん？　なんで布団で身体を隠しているの？」

うう……条件反射で…………。

なんとかベッドを下りて、エレナちゃんと一緒に外に出る。

いつの間にか宴会の跡はなくなっている。

こんな朝早くから片づけをしている大人たちを見かける。猫耳族って朝早いんだね。

「あら、おはよう〜ワタルくん。エレナ」

「おはよう～！　お母さん！」

「おはようございます。エリアナさん」

「うふふ、兄妹《きょうだい》みたいで可愛いわね～」

エリアナさんにエレナちゃんと一緒に抱き寄せられ、すりすりされる。

柔らかい髪の毛が少しくすぐったいけど、とても嬉しい。

「あ！　お母さん、ワタルと一緒に薬草採《と》りに行ってきていい？」

「いいけど、ワタルくんはそれでいいの？」

「薬草採り？」

「うん！　料理にも使うし、薬にもなる草なんだよ！　たくさん使うからいつも集めているの！」

「なるほど。それは面白そうだね、エレナちゃん。エリアナさん、ぜひ行かせてください」

「わーい！　行こう行こう！」

エレナちゃんはすぐに僕の手を引いて町を出ようとする。

「エレナッ！　顔くらい洗ってから行きなさい！」

ハッとしたエレナちゃんはそのまま向きを変え、僕の手を引いて井戸に向かった。

水は井戸から汲《く》むのか。

エレナちゃんに使い方を教わったけど、前世の知識にあった井戸と同じなんだね。

縄《なわ》を引っ張ると、すいすい上がってくる。

上がってきたバケツに水がたくさん入っていた。

「あれ⁉　ワタルッ！　なんでそんなに軽々上げれるの？」

「え？　これは重いの？」

「重いよ！　ワタルってすごい力持ちなんだね！　えへへ～」

井戸の手前にある大きな桶《おけ》に水を注ぐと、エレナちゃんが顔を洗い始める。

また水を汲んで別の桶に入れて、僕も顔を洗う。

冷たい水が寝起きの身体に沁《し》みる。


「ワタルッ！　行こう！」

今度は家から背負い籠《かご》を取ってきて、コテツも連れて、町を後にする。

入口を守っている獣人さんたちに手を振り、そのまま山を登っていく。

エレナちゃんは全く迷いがなく、すいすい登っていく。

「エレナちゃん、場所は合ってるの？」

「うん！　私には特別な力があって、場所とか全部分かるから！」

なるほど？

彼女が進む方向に【レーダー】の範囲を広げて、赤い点に注意する。

赤い点は敵を示していて、ダークボアも赤い点だった。

現在、赤い点は全く見えないので安全だと思う。

すいすい進んでいくと、一面に赤緑色の薬草が広がっていた。

「綺麗な草が広がってる！」

「うん！　これが薬草のプペイ草だよ～」

両手を広げるエレナちゃんの向こうに広がるプペイ草が美しい。

「この小さなナイフで根は抜かずに、茎《くき》の下をこうやって優しく斬《き》ってあげて」

エレナちゃんは大人の指くらいの長さの片刃のナイフで、刃の根本を使う感じで草を斬る。

「力ずくで斬ると茎の断面が傷ついて再生が遅くなったり、もう育たなくなったりするの。だから
こうやってゆっくり綺麗に斬ってね？」

「は～い」

エレナちゃんからナイフを借りて、草の茎をゆっくり斬る。

「上手！　最初から綺麗に斬れる人なんて、なかなかいないよ？」

「エレナちゃんの教え方が上手だからね～」

「えへへ～」

照れて頭を掻《か》くエレナちゃんが可愛い。

それから僕たちはプペイ草をたくさん採った。

薬草の採集が終わり、僕は遠くに見える町を眺める。

薬草畑は山の上にあるので、ここからだと町が一望できる。

前世と比べたら、規模はとても小さいけれど、猫耳族の頑張りがよく分かる町並みがとても美しく見える。

「ワタル？　どうしたの？」

「えっと、町が綺麗だなーと思ってさ」

「うん！　お父さんたちが頑張って作ったんだよ？　でもね、ダークボアが現れるといつも畑をボロボロにされてしまうの……」

そういえば、そんなことを言っていたね。

意外と異世界ライフはシビアなのかもしれない。

「ワンワン！」

しばらく静かにしていたコテツが吠える。

「コテツ？　何それ」

コテツがくわえて持ってきたのは、大きな白い棒だ。

「………って！　骨じゃん！」

大きな棒かと思ったら、それは骨だった。

コテツが尻尾を振りながら、何かをしてほしそうに骨を前に僕を見つめる。

ああ……そういうことか。

「コテツ！　久しぶりにやるか！」

「ワンワン！」

僕は白い骨を持ち上げる。

想像していたより軽いな？

それはともかく、コテツがいる方に向かって、大きく――投げた。

「ワタルッ!?」

「ワンワン！」

綺麗な放物線を描いて飛んでいく骨をコテツが懸命に追いかける。

前世でよくやっていたボール投げだ。

今回は骨なので、骨投げか？

「コテツも運動しないといけないからね。ああやって僕が投げたものを拾ってくるんだ」

「ほえ～コテツくんってああいうのが好きなんだね～」

しばらくして、コテツが骨をくわえてものすごい速度で走ってきた。

「エレナちゃんもやってみる？」

「うん！　やる！」

コテツがくわえていた骨を下ろすと、今度はエレナちゃんが骨を持つ。

――――が、持とうとしても、全く持ち上がらない。

「ワタルッ！　重くて持ち上がらないよ！」

エレナちゃんには重すぎたのかもしれない。

「今度ちゃんとしたボールを作ろう」

「うん！」

エレナちゃんには無理そうなので、もう一回僕が骨を遠くに投げると、コテツは喜んで追いかける。

それにしてもコテツって速いんだな～。前世とはあまりにも違うスピードで驚くんだよね。

「そろそろ薬草も集まったから戻ろうか？」

「うん！　コテツくんが戻ってきたら帰ろう！」

優しく吹いている風が気持ちよく、山の上からジエロ町を眺めていると、猫耳族の一生懸命な生活が一目で分かる。

サボってる人もいないし、みんな仲良しだし、猫耳族ってすごいね。

そういえば、前世ではサラリーマンをしていたけれど、常に人と競い合う人生だったな……。

いつも誰かを貶《けな》して、嫉妬《しっと》して…………。

そんな生活に疲れていたような気がする。

「ワンワン！」

気づくとコテツがまた骨をくわえて持ってきた。

「コテツ、そろそろ帰るよ～」

「ワンワン！」

コテツが拾った骨をついでに持って帰る。

山を下りながら、エレナちゃんが歌を歌っていた。

あまり聞いたことない曲調でめちゃくちゃな歌詞だったけど、とても聞き心地がよかった。

………エレナちゃん。

「お母さんのパンツは何色だろう～」って歌詞はどうなの？


「おかえりなさい～」

ジエロ町に帰ってくると、早速エリアナさんが出迎えてくれた。

摘《つ》んできた薬草の入った籠を渡すと、興味深そうに僕が持っていた骨を見るエリアナさん。

「ワタルくん？　それは何？」

「えっと、コテツが拾ってきたモノなんですけど、どうやら何かの骨みたいです」

「骨？」

エリアナさんの目の前に骨を差し出すと、じーっと見つめる。

「ワタルくん。ちょっと貸してくれる？」

「いいですよ？」

エリアナさんに骨を渡すと、持とうとしたエリアナさんの手から骨が落ちてしまった。

「お、重いわね……」

落ちた骨を拾おうとしても、全く持ち上がらない。

「もしかして、皇鋼亀《エンペラータートル》の骨かしら」

「皇鋼亀ですか？」

「ええ。向こうの山に主《ぬし》として君臨する魔物でね。とても強いのよ？　その亀の骨はとっても頑丈なんだけど、重くて扱いにくいと聞いたことがあるわ」

亀の骨ってこんなに大きいんだ？

それにしてもコテツはこれをどこで拾ってきたのかな？

「コテツ。これってどこから拾ってきたの？」

「ワンワン！」

うん！　分かんない！

「ワタル～山の向こうから拾ってきたって」

「山の向こうなら、本当に皇鋼亀の骨かもしれないわ。一応旦那にも聞いてみましょう」

骨を持ってエリアナさん、エレナちゃんと一緒にゲラルドさんを探した。

町の中を歩き回り、ゲラルドさんの姿が見つかったのは、町の奥の方にある鍛冶屋《かじや》だった。

火を使っているから町の一番奥に設置しているみたいだ。

「貴方！」

「ん？　エリアナか。ワタルくんたちも？」

「ゲラルドさん。こういうのを拾ってきたんですけど～」

そう言いながら、骨を見せる。

「むっ！　こ、これは⁉　ユレイン師！　これを見てくだされ！」

驚くゲラルドさんが、奥で槌《つち》を金床《かなとこ》に振り下ろしているムキムキ爺《じい》さんに叫ぶ。

「ん？　なんじゃ？」

困った表情をした爺さんがゴーグルを取り、こちらにやってくる。

猫耳族は殆どの人が細身というか、細マッチョが多い。

なのに、この爺さんはすごくムキムキだ。

「これを見てくだされ！」

ゲラルドさんが僕が持っている骨を指差すと、爺さんが凝視する。

「なっ⁉　そ、それは！　少年！　それをよく見せてくれたまえ！」

「は、はい」

僕が持っていた骨を手に取る爺さん。

「おお！　この重さ、この艶《つや》、そして何より漂《ただよ》う王者の風格！　まさに皇鋼亀の骨じゃ！」

骨を天高く掲《かか》げる爺さんは、ものすごく嬉しそうに笑みを浮かべる。

「ワタルくん。これをどこで手に入れたんだい？」

「えっと、山の向こうからコテツが拾ってきたんです」

「コテツ殿？」

「ワンワン！」

「ほ、本当にただ拾っただけでしたか……皇鋼亀の骨がただ落ちてたなんて、そんな珍しいこともあるんですな」

「えっと、もしよければ差しあげますよ？」

「ぬあっ⁉　しょ、少年。それはいけない。この骨はとんでもない価値があるのだぞ？」

「ん〜でも僕が持っていても宝の持ち腐れですから。それで何ができるかは分かりませんが、猫耳族のためになるなら使ってください」

「な、なんと…………なんという心優しき少年じゃ。よし、この骨からは武器が作れるのじゃ。それもものすごく強い武器が。この大きさなら複数作れると思うから、少年用の短剣を真っ先に作ろう。それでいいかの？」

えっと……僕は【武器防具生成】のスキルがあるからいらないんだけどな…………。

でも爺さんとゲラルドさん、エリアナさんから感じる、ぜひもらってほしいという厚意を無視するのもどうなのだろうと思う。

「分かりました。でも無理はしないでくださいね？　あ、ちなみに、時間はどれくらいかかりますか？」

「ふむ。そうじゃな。大体十日というところかの～」

「十日……えっと、僕、居候《いそうろう》の身なのでそんなにこの町にいられなくて……」

正直全くお金がないので、ゲラルドさんの厚意とはいえ、このままご厄介になり続ける訳にもいかないからね。

すると、エリアナさんが声を上げた。

「ワ、ワタルくん！　なんてことを言うの！　ワタルくんさえよければ、いつまでもこの町で過ごしてくれていいんだよ！」

「エリアナさん!?　で、でも……」

「八歳の子どもを町から追い出すなんて、私が許しませんから！　ワタルくんは好きなだけ泊まってくれていいのよ？　むしろずっと住んでくれてもいいんだからね？」

僕を見つめるエレナちゃんにゲラルドさん、そして爺さんも大きく頷く。

「皆さん……」

こんなに心温まる会話をしたのはいつぶりだろう……。

前世では家に帰れば、母さんとコテツがいて楽しかったけど、生活のために会社に行くと、毎日辛い思いをしていた。

家族以外でこんなに優しくしてくれる人がいるなんて……。

気づけば、僕の頬《ほほ》には大粒の涙が流れていた。

そんな僕をエリアナさんとエレナちゃんが優しく抱きしめてくれた。

第4話

エリアナさんやゲラルドさんと話し合い、僕はしばらくの間、ジエロ町で過ごすこととなった。

ただお世話になる訳にもいかないので、狩りの手伝いや、エレナちゃんと薬草採集をすることになった。

ジエロ町の狩人チームはゲラルドさんを主軸に、七人のメンバーで構成されている。

まず、リーダーのゲラルドさん。

次に近距離戦闘担当のヘルンさん、ギオさん、チェフさん、ルオさん。

そして弓矢での遠距離戦闘担当のヒュイさん、シレンさん。

僕はというと、コテツと一緒に近距離戦闘担当に加わった。

弓は使ったことがないけれど、剣道の経験があるので剣での攻撃ならできると思う。

ゲラルドさんにそれを伝えると、一度手合わせしたいとのことだったので、鍛冶場の隣の訓練場として使われている空き地にやってきた。

ずらりと並んでいる木剣《ぼっけん》の中から、自分の身長に合いそうな長さのものを選ぶ。小型剣サイズだ。

ゲラルドさんと木剣を持って対峙する。

訓練とはいえ、人と戦うのは転生してから初めてだ。

前世での剣道を思い出す。

あの時の緊張感が蘇《よみがえ》るようだ。

「では――――始め！」

一緒についてきたエレナちゃんの元気な声が響く。

よし、まずは自分がどれくらい打ち込めるか試そう！

最初は軽くゲラルドさんの正面から攻撃だ。

「えいっ！」

ゲラルドさんの木剣に自分の木剣をぶつける。

ドガーン！

木剣同士が当たった瞬間、木製とは思えないくらいの爆音が鳴り響き、ゲラルドさんが僕から遥か遠くに吹き飛んだ。

「えええええ⁉」

大きく飛ばされたゲラルドさんは、訓練場を囲うように置いてある藁《わら》の山の上に落ちていった。

「お父さん!?」

「ゲラルドさん!?」

エレナちゃんと、ゲラルドさんのもとへ急ぐ。

「痛ってぇぇぇ………」

「ゲラルドさん、大丈夫ですか？」

「あ、ああ。しかし驚いたな。まさか一撃があれほどだとは。ダークボアを倒せただけあるな」

身体を起こしたゲラルドさんは、手に持っていたボロボロの木剣を見せる。

強い衝撃を受けたようで、木剣がパカッと縦に割れている。

「お父さんの剣が変な形になってるよ～。あはは～」

エレナちゃんの笑い声に釣られ、僕とゲラルドさんも声を出して笑った。

丁度そこへエリアナさんがやってきた。

「みんな～お昼よ～」


家に帰ると、美味しそうな料理が机にたくさん並んでいた。

最近は狩りも採集も順調らしくて、贅沢《ぜいたく》なご飯が食べられるみたい。

野菜メインの食卓だが、元々好き嫌いはないので、どれもパクパク食べる。

それにしても異世界って素材自体が美味しいんだなあ。

茹《ゆ》でただけの野菜でも十分に甘さを感じるし、何より野菜ならではの青臭さがない。

エレナちゃんは野菜が苦手だと聞いてたけど、僕がパクパク食べているのを見て、負けじと野菜を食べ始める。

そんな姿を見たエリアナさんとゲラルドさんが苦笑いを浮かべる。

なんだか新しい家族ができたようで本当に嬉しい。

お世話になる間、僕はお客用の家ではなくゲラルドさんのお家で過ごすことが決まった。

エリアナさんに一緒に住もうと何度も提案されたこともあって、ここがしばらくの僕の家になった。

○

狩人チームに入ることが決まったのと、町でゆっくりできる時間が増えたので改めて自分のスキルを見直してみることにした。

今のところ十個あるチュートリアルスキルのうち、【武器防具生成】、【成長率（チュートリアル）】、【経験値軽減特大】、【全ステータスアップ（レベル比）】、【レーダー】、【ペット召喚】の六つは体験できた。

残る四つは、【コスト軽減（レベル比）】、【拠点帰還】、【魔物会話】、【初級テイム】だ。

中でも一番確認しやすそうなのは、【コスト軽減（レベル比）】。

これは単純に僕が使用できるスキルの消費魔力とディレイを軽減してくれる。

現在の僕のレベルは11。なら割合としては11％軽減してくれるのかな。

他のスキルで確認してみよう。

【武器防具生成】と【ペット召喚】では魔力の軽減についてははっきり確かめてなかったからね。

早速【ペット召喚】を目の前にいるコテツの隣の空間に向かって使ってみる。

元々魔力が10必要だった【ペット召喚】なんだけど、今回は9に減っているのを確認した。

11％軽減なら8・9になるけど、四捨五入されるっぽい。

そもそもレベルを上げると魔力も高くなるのに、消費魔力も減るってすごいね……。

再度召喚されて場所を移動させられたコテツは、少し嬉しそうに僕に跳びついてくる。

「あはは～！　くすぐったいよ～コテツ～」

少しの間、コテツと遊んでから、今度は違うスキルを試してみる。

次は【拠点帰還】だ。

これは一か所のみ登録した場所にいつでも戻ることができるスキルだ。ただ、一度帰還すると元いた場所には戻れないので、一方通行の帰還スキルとなる。

ゲラルドさんの家の元物置もとい、現在僕が過ごしている部屋を登録してみる。

すると、少し離れた床に不思議な丸い魔法陣のようなモノが刻まれる。

早速【拠点帰還】を発動！

おお！　一瞬にして立っている位置が変わった。

移動する時はタイムラグのようなものは全くなくて、発動させた瞬間には既に移動し終わっている感覚だ。

魔法陣の周りには魔力の残滓《ざんし》っぽい光が少しだけ漂っていたけど、すぐに消えてなくなった。

残りの魔力を確認すると、元々２１０あって、そこから【ペット召喚】で２０１になっていたのが、現在は１７４となっているので27使った計算になる。

【拠点帰還】は【ペット召喚】に比べて魔力を多めに使うことが分かった。

まあ、瞬間移動という便利なスキルなんだから消費魔力も多くて当たり前かもね。でも僕のレベルが上がれば上がるほど負担は少なくなるし、一度使えば部屋に戻れるので、狩りの後とかに使ったらとてもいいかもしれない。

残りのスキルは二つ。【魔物会話】と【初級テイム】。

どちらも魔物に関係するもので、自分と波長が合う魔物に限られるという。

それにステータスのＩＮＴ《知力》やＲＥＳ《精神力》の数値が大きく関わっているらしいんだけど、【成長率（チュートリアル）】のことを考えると、これは使えると信じたい……………だって、せっかく異世界に来たんだから異種族だけじゃなくて、魔物とかとも話してみたいからね。できればコテツとも。

考え事をしていると下からコテツがつぶらな瞳で見上げているのに気づいた。

コテツはそもそもペットという扱いなので、魔物でもなければ、従魔（テイムした魔物）でもないので、会話は厳しそうかな………でもなんとなく気持ちは伝えられるようになったし、コテツの気持ちも伝わってくる。

それだけでも僕とコテツの絆《きずな》はより深まったといえるだろうね。

スキルをひと通り試し終えると、窓の外からエレナちゃんが僕を呼ぶ声が聞こえてきた。

「ワタル～！　森にまた薬草採りに行こうよ～！」

彼女の明るく元気のいい声に自然と笑みがこぼれた。

「コテツ。行こうか」

「ワン！」


エレナちゃんに案内されたのは、先日向かった山の上ではなくて、森の中だった。

森の中を器用に進んでいくエレナちゃん。

念のため【レーダー】は常に見るようにしているんだけど、それにしても魔物って少ないんだね。

ダークボアとかが危ないと言っていたから、もっと魔物がうじゃうじゃいると思ってたのに、ダークボア以外の魔物は一体も見たことがない。

「エレナちゃん」

「あい～」

「魔物って元々こんなに少ないの？」

「う～ん。昔はもっといっぱいいて毎日困っていたよ」

「そうなの？」

「うん！　うちの町と仲良い人たちの街があって、そこの人たちが魔物をみんな連れていってくれたの！」

「え⁉　魔物を連れていった⁉　倒したんじゃなくて？」

「そうだよ！　なんだったかな～、魔物たちが言うことを聞いてくれるおまじないみたいなので、この森が平和になったんだよ～」

「へぇ………もしかして魔物を従えられる人だったのかな」

「そうかも？　なんとかの戦いの力になってもらうんだ～って綺麗なお姉ちゃんが言ってた！」

綺麗なお姉ちゃんという部分で目を輝かせるところから察すると、エレナちゃんは彼女に憧れを抱いているのかも。


そんな話をしながら到着したのは、森の中にある小さな泉だった。

「すごく綺麗な泉だね～」

「うん！　でも近づいたらだめだよ？」

「えっ？　どうして？」

「ここには怖～い魔物が住んでいるの。綺麗なお姉ちゃんも、ここに住んでいる魔物たちは連れていけないと言ってたよ」

「ほえ～」

「ボソッと『戦力にすらならないからね……』とも言ってたけどね」

ちょっと大人びた目で綺麗なお姉ちゃんのモノマネをしてるらしきエレナちゃんが可愛らしい。

戦力にすらならないってことは……連れていけないんじゃなくて、連れていかないってことね……。

それにしても数が少ないな？　七つくらいか？　どうやら水の中に生息している魔物らしい。

【レーダー】には赤ではなく黄色い光が数点光っていた。

「今回採りに来たのは、この泉の周りに咲いている青い花の蕾《つぼみ》なの！」

「蕾か～」

周りを見渡すと、青色の花は見当たらない。泉だけが綺麗で美しい青色に輝いているだけだ。

「エレナちゃん？　何も見当たらないよ？」

「あれ!?　おかしいな………いつもならたくさん咲いているはずなんだけどな………」

エレナちゃんも驚きながら周りを探し始める。

ただ、いくら探しても一つも見つからない。

その時。

【レーダー】に映っていた黄色の点が、泉の中から近づいてくる。

「エレナちゃん。待って」

「うん?」

「魔物たちが寄ってくる」

「っ!?」

一緒に来たコテツも静かに警戒する。

相手の敵対心が感じられないのか吠えはしないけど、魔物が近づいてくるのには、それなりの理由があるはずだ。

何せ、僕たちは泉に一歩も入っていないからね。

少しの間、緊張が走る。

そして。

泉の中から遂《つい》に魔物たちが姿を現した。

「かあいい〜!」

出てきた魔物にエレナちゃんは思わず声を上げた。

泉の中から出てきた魔物は——水色のまん丸い水玉だった。

「ワタルッ! スライムだよ〜!」

「スライム？」

スライムって、ゲームとかで最弱で有名な魔物よね？

「自分からは決して攻撃とかしないけど、触ったらだめよ？」

「どうして？」

「お母さんが『スライムは人の身体以外はなんでも食べちゃうから、服とか食べられてすっぽんぽんにされちゃうの！』って言ってた！」

わあ、エレナちゃんってモノマネ上手だね〜。背後にエリアナさんの姿が見えたよ。

「ワンワン！」

コテツが何かを叫ぶと、スライムたちがブルブルッと震える。

「コテツ？ 威嚇《いかく》はしないでね？ なんだか可哀想《かわいそう》だよ？」

「クゥン……」

スライムたちが何かを訴えている。

コテツが「ワン？」と応える。

すると。

「あ〜！ ワタル。この子たち、お腹が空いているんだって」

「え？」

「コテツくんが『お腹空いたからってこちらに来たら噛むからね？』って言ってるよ〜」

コテツのたったひと鳴きにそんな長文の意味が込められているんだね……こほん。

そんなことよりも目の前のスライムをどうにかしなければな。

「スライムってどんなものがご飯なのかな？」

「ワン！　ワン？　ワン！」

「へぇ～！　スライムは魔力があるものならなんでも食べるって！」

「魔力？」

「うん！　普通の草には大した魔力が含まれてないから、あまり食べないんだろうけど、ここに採りに来た薬草とかだと魔力を多く含んでいるから、あの子たちが全部食べちゃったのかも！」

おお……エレナちゃんが意外と博識。いつもからは想像もできないくらいに饒舌《じょうぜつ》だね。

僕の中のエレナちゃん像がどんどん変わっていくな。

それはそうと、魔力か～。スライムたちに魔力をあげたらいいのか……魔力……魔力………。

「あ！　魔力を込めた餌《えさ》ならあげられるかも」

「本当⁉」

「スライムたちが食べられるか分からないけど、試してみるよ」

残り魔力は１７０くらいあって、もしもの時のために１００は残すとして、70を使って非常に長い棒を一つ作り出す。

これは【武器防具生成】を応用して作った長い棒だ。

これなら魔力が込められているから餌にできるんじゃないだろうかと思って作ってみた。

「さあ、食べてみて」

ちょっと怖いので長くして、端《はし》から食べさせてみる。

【武器防具生成】で出したものって僕が手を離して少しすると消えるから、食べてる途中で消えないようにちゃんと端を持って、遠くから見守るために長い棒にしたのだ。

最初の一匹のスライムがゆっくり近づいてきて、長い棒を身体の中に入れる。

するとブルブルッと震えて、丸い形が激しく動き始める。

それを見守っていた他の六匹のスライムたちもすさまじい勢いで長い棒にかぶりついた。

あぁ……なんでだろう……感触とかはないけど、僕が作った武器が食べられる感覚がなんとなく伝わってくる…………こうなんというか、くすぐったいというか…………。

「って！　エレナちゃんじゃん！」

「えへへ～！」

エレナちゃんが僕の脇《わき》をくすぐっていたのだ。

「どうしてその棒を離さないの？」

「これは僕が離すと数秒して消えるんだ。だからこうして端を握っているんだよ～」

「そうか～。それにしても、その棒ってどこから出てきたの？」

「ん？　僕のスキルで作れるんだ」

「へぇ〜！　ワタルって本当にすごいんだね！」

エレナちゃんと話しているとスライムたちが一斉《いっせい》に棒から離れる。

全部食べられた訳ではないけど、随分と食べられている。

恐《おそ》らくお腹いっぱいになったのかな？

直後、スライムたちは——一斉にその場で激しく跳びはね始めた。

「えええええ!?」

思わず声が出てしまった。

どうしたんだろう？「ものすごく元気になりました。見てください」と言っているようだ。

「ワン！　ワン！」

「スライムたちがすごく嬉しいって！　多分感謝しているんだと思う！」

「そ、そっか！　それならよかった」

「それにしても……」

「ん？」

エレナちゃんは口を尖《とが》らせて目を細めてスライムたちの姿を見つめる。

「綺麗なお姉ちゃんがね。魔物が人の前で喜ぶ時は、ご主人様になってくださいと言っている時なんだって言ってたよ」

「ご主人様になってください……？」

「うん。そうやって綺麗なお姉ちゃんは魔物たちを連れていったんだよね〜」

あれ？　そういえば、僕のスキルにも魔物を従えるスキルがあったよね？

【初級テイム】を早速発動させてみる。

「ぬあっ⁉」

「ワタル⁉　どうしたの⁉」

「ま、魔力が……とんでもない量が吸われてしまった……」

「そうなの？」

目の前で激しく跳ねているスライムの一匹が赤色に輝くと、ビタッと止まってつぶらな瞳で僕を見つめてきた。

『ご主人様！　ありがとう！　大好き！』

「えええええ⁉　スライムが喋った⁉」

「えええええ⁉　私には聞こえないよ？」

『ありがとう！　大好き！　ご主人様！』

声というより、頭に直接響く感じだ。

「えっと、君の名前は何？」

『私！　ご主人様！　名前！　欲しい！』

「あ〜名前は僕がつけていいのね？」

『名前！　欲しい！　大好き！　ご主人様！』

なんとなく分かってきた。

僕の【初級テイム】は、弱い魔物の中でも波長が合う魔物しかテイムできないとメイドさんが言っていた。

つまり、目の前のスライムもきっと弱い魔物なんだろう。

だからなのか、思考能力も割と単純で、文章を伝えるというより、単語を伝えるのが精一杯のようだ。

でも、なんというか、単語だけだからなのかは分からないけど、スライムの気持ちがストレートに伝わってきて、とても嬉しい。

さて、名前を考えてあげなくちゃね……。

水色、丸い、ぽよんぽよん、跳ねる、可愛い、スライム。

う～む。

なんとなく夏の祭りとかで見かける水風船を思い出すね。

よし、名前決めた。

「うん。君の名前は――フウ。フウちゃんで！」

「フウちゃん！　可愛い名前！」

『私！　フウ！　フウちゃん！　ありがとう！　ご主人様！　大好き！』

ぴょーんと跳んで僕の肩に乗り、頬にすりすりしてくるフウちゃん。

「コテツ。これからはフウちゃんとも仲良くしてね？」

「ワンワン！」

フウちゃんを囲んで、僕とエレナちゃんとコテツがなでなでしてあげる。

あれ？　何か忘れているような…………。

ああああああ！

「ご、ごめん！　僕の魔力が切れてしまって、みんなはまだテイムしてあげられないんだ！」

こちらを悲しそうな瞳で見つめる六匹のスライムたちが落ち込んでいた。

「でも大丈夫！　回復したら毎日一匹ずつテイムするから！　ねえ？　だから落ち込まないで～」

そう話すと他のスライムたちも少し元気になった。

それからフウちゃんを通して、町のみんなに許可なくモノを食べないという約束のもとで、他のスライムたちも町に連れて帰ることにした。

「あれ？　エレナちゃん？」

「うん？」

「薬草……」

「…………だって、もうないんだもん……また生えるまで待つしかないかな～」

「そっか。仕方ないね」

スライムたちは元気になったけど、僕とエレナちゃんは肩を落として町に帰っていった。


町に戻って早々、血相を変えたエリアナさんが走ってくる。

「エレナ⁉　ワタルくん⁉」

「ただいま～お母さん。ごめんなさい。水辺に薬草が全然なかったの」

「それはいいの！　その手に持っているのは⁉」

「あ～この子はワタルが捕まえたスライムのフウちゃんだよ！」

「フウちゃん⁉」

エリアナさんだけでなく、町の大人たちも騒ぎを嗅《か》ぎつけて集まってきた。

「エリアナさん？　フウちゃんたちは決して悪さはしませんから、触ってみても大丈夫ですよ～」

「そ、そう？」

疑いの目を向けながら、エリアナさんは恐る恐る手を伸ばして、エレナちゃんが抱きかかえている水風船のようにぽよんぽよんしているフウちゃんに触れる。

「っ⁉　な、な、何これ～！」

「どうしたんですか？」

「す、す、す」

「す？」

「すごく柔らか〜い！」

エリアナさんの甲高い声が町中に響いていく。

すぐにエレナちゃんもろともフウちゃんを抱きしめたエリアナさんは、フウちゃんの魅力《みりょく》にどんどん堕《お》ちていく。

その姿を見た人たちが近づいてきて好奇心に満ちた目を向ける。

「エリアナさん？　そんなにすごいのです？」

「とってもすごいわ！　さあさあ、皆さんもぜひ味わってみて！」

エリアナさんの勧めもあって、町の人たちがフウちゃんに触れていく。

「「柔らか〜い！」」

ジエロ町に町民たちの声が木霊《こだま》した。

○

あれから一週間。

毎日一匹ずつスライムたちをテイムしていき、フウちゃん以外の六匹のスライムもテイムできた。

それによって何が起きてるかというと…………。

「んあぁ……癒《いや》されるぅ…………」

「はあぁぁ……最高だわ…………」

大人たちのだらしない声が響くのは、僕が過ごす予定だったお客用の一軒家だ。

「ヘルンさん～、そろそろ時間ですよ～」

「えっ⁉　もう⁉　ワタルくん。お願いだ！　もう少しだけ……」

「だめですよ！　外にたくさんの人たちが待っていますから！　ほらほら、次の人と代わってください～！」

「うぅ……スライムぅ…………」

ヘルンさんが肩を落として家を後にする。

「フウちゃんごめんね？　もう少し頑張ろう！」

『頑張る！　ご主人様！　役に立ちたい！　頑張る！』

他のスライムたちも一緒にぴょんぴょんと跳ねて応えてくれる。

一週間前にフウちゃんのぷよんぷよんに癒された大人たちが毎日フウちゃんを触りに来ているのを見て、いっそのことスライムたちに頑張ってもらって、町民たちをリラックスさせてあげようと決心した。そして、前世のマッサージの要領でベッドに横たわった人たちの上をスライムたちがぽよんぽよん跳ねて癒してあげるお店、『ぽよんぽよんリラックス』を開始させた。

もうちょっといい名前がないか色々悩んだけど、結局はスライムたちがぽよんぽよんと跳んでいる音が響くので、そういう名前にしてみた。

七匹のうち、一匹は休憩をし、二匹が一組になって癒してあげる仕組みで、一度に三人ずつしか受けられず、『ぽよんぽよんリラックス』の前には長蛇《ちょうだ》の列ができていた。

「最近あまり遊べないね……」

エレナちゃんが肩を落として残念そうな表情を見せた。

実は僕も全く同じことを思っている。

最近町に欠かせないモノとなった『ぽよんぽよんリラックス』は、毎日それを求めて訪れる人で賑《にぎ》わっている。

町といっても村よりほんの少し大きいサイズのジエロ町だが、毎日店には人がひっきりなしにやってくるのだ。

それに経験者はその素晴らしさをどんどん広めてしまい、今や大人気店みたいになっている。

町民たちがみんな仲良しなのも相まって、噂が広まるのも速く、既に町民全員が『ぽよんぽよんリラックス』を認知しているのだ。

その中でも特に気に入っているのが、女性たちだ。

家に帰っても食事が用意されていないと悲しみに暮れる旦那さんまでいるほど、女性たちがはまっているのだ。

その件もあって、僕はエレナちゃんとジエロ町の町長に会いに行った。

「エレナちゃんにワタルくん。いらっしゃい」

ジエロ町の町長は齢《よわい》六十を超えており、白髪が目立っているがいつも穏《おだ》やかな表情を浮かべている優しそうなお爺ちゃんだ。

「町長！　ワタルのお店が忙しくて何もできないんです！　なんとかしてください！」

真っ先にエレナちゃんのマシンガントークが炸裂《さくれつ》する。

「う、うむ……わしのところにも似た苦情が届いていてな。だが……あれほど画期的なお店が今まで町になかったからか、女性たちからすさまじい圧力がかかっているのじゃよ……」

「むぅー！　ワタル？　このままでいいの？」

「えっと……町民たちに恩返しができると思えば、仕方ないというか……僕はいいけど……」

「でもお金も一切もらってないんでしょう!?」

そう。

実は僕自身、あの店で皆さんには何も求めていない。スライムたちには僕の魔力で作った武器というか棒を食べさせているのでお金も一切かからない。

宴会を開いてくれたり、住まわせてくれたりするから、そういうのはいらないかなと思ってるのが現状だ。

それにしてもエレナちゃん随分と怒っているんだな……どうしたんだろうか。

「僕が恩義を感じていて好きでやっているからね」

「それはだめっ！　町長！　うちの町の鉄則はなんですか！」

「う、うむ！　働かざる者食うべからずじゃ」

「そう！　働かない者は食べちゃいけません！」

なんというか、猫耳族はみんな仲良しなのもあるから、働かない者なんていないし、特に大きなルールというのもない。

大きなルールがなくても、他人の家に上がって、勝手に食事をとるような非常識な人はいないしね。

「ワタルがこんなに頑張って働いているのに、お返しがないなんてだめだと思います！」

えっと……働かざる者食うべからずからそこにどう繋《つな》がっているんだろう？

「ワタルばかりタダで働かせるのは違うと思います！　それに朝から晩まで！　ワタルはご飯も食べてないんですよ⁉　町長！」

「な、なぬ⁉」

「あ、あはは……三日くらい食べれなくても……」

「だめえええええ！」

「えええええ⁉」

「ちゃんと毎日ご飯を食べないといけないし、ワタルはこんなに頑張ってるのに、みんなはワタルの頑張りを何一つ理解していないの！　私はそんな大人たちに怒ってます！　ぷんぷん！」

か、可愛い……自ら「ぷんぷん！」という子は初めて見たけど、エレナちゃんらしいというか、こんな僕のために怒ってくれるなんて、本当に優しい子なんだなと改めて思う。

「ワタルくん？　食事も全然とれてないのは事実なのかい？」

「えっ？　え、えーっと………はい……狩りに行く暇《ひま》もなくて……」

「そもそも君はエリアナのところでお世話になっているんじゃ？」

「お店が始まる時間が早すぎるから、お母さんがご飯を作る前に出てしまうの！　それに帰ってきた後はみんな寝ているから、ご飯とか準備はしておくけど、全然食べてないの！」

前世の社畜魂《しゃちくだましい》というか、それくらい普通だったし、なんなら子どもの身体になったおかげで少量の食事だけでも十分に生きれるようになったから、少しくらい我慢しても全く問題なかった。

それにみんなを起こすと悪いなと思って、食事にも手をつけずにいた。

「それは深刻な問題じゃ。ワタルくん。気がつかずにすまなかったね」

「い、いいえ。僕なんかのためにごめんなさい」

「ワタルッ！　僕なんかじゃないの！　ワタルは町を救ってくれた英雄なの！　だからワタルは本当にすごい人なの！」

エレナちゃんが真剣な表情で怒ってくれるのが、なんだか嬉しく思えた。

○

「みんなに集まってもらったのはほかでもない、ワタルくんのことじゃ」

町長の呼びかけで町民たちが広場に集まった。

なんだか申し訳なくて町長の隣で正座していると、スライムたちが心配そうに僕を囲ってくれた。

フウちゃんたち……ごめんね？　僕がちゃんとできなくて君たちまで巻き込んでしまったよ……。

「ワタルくんのお店を利用している者は手を挙げてみてくれ」

町長の質問に、集まった大人の町民、六百人が手を挙げた。

「うむ。町民六百人が利用しているんじゃな？　では毎日利用している者は手を挙げてくれ」

相変わらず全員が手を挙げた。

「よい。ではこれから話すことをよく考えなさい。『ぽよんぽよんリラックス』は朝早くから始まり、夜遅くまで頑張っている。一人三分間という制限があるのじゃが、六百人が毎日利用するために何時間かかるのか分かるかい？」

町民たちが首を傾《かし》げる。

ジエロ町に来て感じたのは、前世のような教育体制が整っていないため、町長や商人をやっている町民じゃないと、計算とかも苦手な人が多いことだ。

そもそも前世の教育レベルは高すぎて、十歳ともなれば、ある程度計算はできるからね。

ただ、それは前世の事情であり、異世界《ここ》は違う。

「はぁ……客の出入りなどにも時間がかかるから、一時間で施術できるのはせいぜい三十から四十人。つまり六百人が全員受けるには、十五時間以上かかるのじゃよ」

「「「十五時間以上⁉」」」

「ワタルくんを見てほしい」

町民たちが僕に注目する。

「彼はまだ草原を走り回るような幼子《おさなご》じゃよ。毎日我々のために朝早くから起きて夜遅くまで働き続けなければならない人ではないのじゃ。ワタルくんが自らやったことではあるが、我々大人たちがそのことに気づかず、ただただ現状に甘えたのが今じゃよ。それに、ワタルくんは三日も食事をろくにとれてないそうじゃ」

町長の言葉に一番大きな反応を見せたのはエリアナさんだ。

距離は離れているけど、エリアナさんが大きな粒の涙を流しているのが見える。

僕なんかのせいで………。

「ワタルくんは我々をダークボアから守ってくれた英雄じゃ。そんな英雄をこんな劣悪《れつあく》な環境に置いてしまうなんて猫耳族の永久の恥じゃ！　わしもそれに気がつかず、気がついたのは、まだ八歳のエレナちゃんだけじゃ！　わしも含め、町民は全員その心に刻むべきじゃな。我々はこんな小さな友人の頑張りにも気づかず、ただただ甘えたのじゃ。それが理解できぬ者はおるのか？」

「「「申し訳ございませんでした！」」」

町民たちの大多数が大粒の涙を流して謝罪の言葉を繰り返す。

僕なんかのためにこんなに大勢の人が涙を流してくれることに、申し訳なさでどうしていいか分からなくなる。

その時。

隣にいたエレナちゃんが僕の手を握ってくれた。

「ワタルはいつも『僕なんか〜』と言ってるけど、私はワタルが大好きだし、お母さんもお父さんもワタルが大好き。他の人たちもみんなワタルが大好きなんだ。だから、ごめんなさい。気づいてあげられなくてごめんなさい。ワタルに頑張らせちゃってごめんなさい」

「ち、違うよ！　これは僕が好きでやったことで……」

「ワタルくん！　本当にごめんなさい！　私がもっとしっかり問い詰めたらよかったけど………それでワタルくんが、『もうこんな口うるさく言われるような町からは出ていく』なんて言い出さないか………怖くなってしまって………」

エリアナさんが大粒の涙を流して声を荒らげて言う。

隣のゲラルドさんも暗い表情を見せて頷いていた。

「スライムたちの『ぽよんぽよんリラックス』があまりにも気持ちがよすぎて、毎日受けれるならと、気づかないふりをしてしまった……」

「いつも笑顔のワタルくんが、まさかそういう状況だとも思わず、毎日気楽にあの店を利用してしまった……」

「ワタルくんの『僕は大丈夫です』という言葉に甘えて…………」

町民たちが次々に思うことを口にし始めた。

前世ではなんの気なしにやっていたことで、朝早いことも、帰ったらコテツと母さんが寝ているから帰り道におにぎりを食べていたことも、どれも辛いと思ったことは一度もない。

だからジエロ町で町民たちの笑顔が見れるならと、辛いとは一切思ってなかった。

でもどうしてだろう。

帰ったらエリアナさんやエレナちゃんが眠っている静かな家に少しだけ寂しさを感じていた。

腹が減ることよりも、みんなが僕を見てくれなくなるのが一番怖かったのかもしれない。


広場での謝罪が終わり、今日は一旦《いったん》解散になって、僕は少し後になって家に帰った。

「ワタルくん！　本当にごめんなさい！」

家に帰るや否や、エリアナさんが抱きしめてくれる。

「いいえ！　僕こそ毎日作ってくれた美味しいご飯を食べなくてごめんなさい！」

「そんなことはいいの！　それにどうせ私たちを起こさないように音を立てたくなくて残していたのでしょう？」

「えっ⁉　どうしてそれを……」

「私ね。ワタルくんを甘く見てたわ」

「へ？」

「もっと子どもらしいと思ったけど、ワタルくんってどこか大人みたいな考え方をするんだって、ようやく分かったわ。ワタルくんの性格ももう分かったから大丈夫！　これからはこのエリアナに任せてちょうだい！」

「え、えっと……その……あまり無理はなさらないでくださいね？」

「ほら！　そういうところよ！」

「へ？」

「子どもは遠慮なんかしなくていいの！　もっとわがままに生きてちょうだい！」

何かが吹っ切れたようで、エリアナさんがぐいぐい来る気がする。

でもそれがとても身近に感じられて、どこか嬉しくなってしまう。

「あはは……善処《ぜんしょ》しますね」

「全く、本当に八歳児とは思えない落ち着きっぷりなんだから。うちのエレナも少しくらいは見習ってほしいものだわ」

「え～⁉　私⁉」

「うふふっ。ねぇ、エレナ？」

「うん？」

「今回はワタルくんをちゃんと見てくれてありがとうね」

「うん！　ワタルと全然遊べなかったんだもん！」

「そうだったわね。私も一週間くらい顔も見られなかったからね。でもお店では会ってたから安心してしまったのよね」

「そうだな……俺も気づけなくて本当にすまなかったね」

「クゥ〜ン」

ゲラルドさんとコテツも肩を落としている。

コテツはどうしたのだろう？

「コテツくん、『頑張ってるワタルを見守ることしかできなかった。ごめんなさい』だって」

「クゥ〜ン」

ずっとお店で僕を見守ってくれていたコテツ。

むしろ散歩に連れていってあげられなくて申し訳なかったくらいだ。

「コテツ、僕はコテツが隣にいてくれるから楽しい毎日を送れているよ？　だから謝らないで。いつもありがとう」

コテツを抱きかかえてなでなでしてあげる。

いつも嫌がらずに抱きしめさせてくれるコテツの優しさが伝わってくる。

「もう暗い話はおしまいっ！　過去に引っ張られるより前を向けだわ！　さあ！　ご飯にしましょ

う！」

なんだか久しぶりのエリアナさんの手料理に心が躍る。

すぐにエレナちゃんと料理を始めるエリアナさん。何もするなと言われ、ゲラルドさんが持ってきてくれた美味しい果実水を飲みながら、ソワソワしてソファーの上でコテツと一緒に待っていると、美味しそうな料理があっという間に運ばれてきた。

エリアナさんのことだから、いつでもすぐに作れるように仕込みをしていたのだろうね。

そのことからもエリアナさんの優しさが伝わってくる。

久しぶりに四人と一匹で食卓を囲む。

「「「いただきます！」」」

大きな玉子焼きを口の中に入れる。

ほんのりと甘くて、濃厚な卵の香りと旨味が口の中で洪水のように広がっていく。

しっかり噛んで飲み込んでも、喉《のど》の奥から旨味を感じられるほどに美味しい。

野菜と見たことない魚を次々にナイフとフォークを使って捌《さば》いて食べる。

魚独特の臭みがほんのりあるけど、それよりも魚の力強い旨味と香ばしい香りが口いっぱいに広がる。

どれも美味しくて無我夢中で食べた。

そんな僕を三人が幸せそうに見つめていたことを、その時の僕は全く気づかず、美味しい食事をたいらげた。

第5話

次の日。

今日はしっかり朝ご飯を食べて、お店にやってきた。

昨日の話し合いで、これからお店は有料で完全予約制になることが決まった。

また、一人三分ではなく五分にする代わりに、再利用までに数日間の待ち時間を設けることになった。

さらに一週間のうち、三日を必ず休みにすることで『ぽよんぽよんリラックス』を運営していいことになった。

「セレナさん。今日からよろしくお願いします」

「オーナー。よろしくお願いします」

彼女はセレナさん。

ものすごく美人さんで、なんとあの町長のお孫さんで、丁度やっていた商人業が終わって町に帰ってきたそうだ。

彼女は高い計算能力や管理能力を持っているそうで、町の一番の娯楽店になっている『ぽよんぽよんリラックス』の従業員になることが急遽《きゅうきょ》決まった。

いつも与えられた仕事を黙々とこなすという彼女は、特に反対もなく承諾してくれて、『ぽよんぽよんリラックス』の店長をしてもらうこととなった。

「オーナー、そのスライムたちが例のですか？」

「はい！　この子がフウちゃんで、こちらからぽーちゃん、ぴーちゃん、きーちゃん、みーちゃん、しーちゃん、ろーちゃんです」

「………………ごめんなさい。フウちゃんは分かりましたが、他の六匹のスライムは全く区別がつきません」

セレナさんの言葉を聞いた六匹のスライムからガーンとテンションが落ちる音が聞こえた気がした。

「あはは……フウちゃん以外は似てますもんね。でもセレナさんの言うことはちゃんと聞くと思いますから！」

「それなら助かります。それでは例の施術とやらを見せてください」

「へ？」

「そもそもどういう内容なのか知らないと、働くのに不安がありますから」

「そ、そうですね。フウちゃん。お願いね？」

『了解！　ご主人様！　私たち！　頑張る！』

「ありがとう。でも絶対無理はしないでね？」

『あい！』

僕がベッドにうつ伏せになると、フウちゃんとぽーちゃんが僕の背中と足の裏でぽよんぽよんと跳んで、マッサージをしてくれる。

ああ………やっぱりこれが一番癒されるな～。

このまま………眠っ………。

「オーナー？」

「はっ！　寝てしまうところでした！」

「そ、そうでしたか……」

僕が起き上がると、不思議そうにスライムを見つめるセレナさん。

「どうかしましたか？」

「えっと、私にはそれの何がいいのかさっぱり分からなくて……」

「あはは、最初はみんなそう言いますね。よかったら一度体験してみましょう！」

「ん………そうですね。私がこの子たちのよさを理解しないで働くのは、いい仕事にならないかもしれませんから。受けさせていただきます」

セレナさんがベッドの上に横たわる。

年上のセレナさんがベッドに上がる際、身長差のせいでスカートの中が見えそうになって、ハッとなってしまった。

「ではフウちゃん？　お願い！」

フウちゃんとぽーちゃんがセレナさんの背中と足の裏に乗り、跳ね始める。

「はうううう⁉　ん……んあああああ⁉」

クールなセレナさんが急に大声を上げる。

本人もびっくりしたようで、自らの両手で口を塞ぐ。

………ちょっとドキッとしてしまうのはどうしてだろうか。


それから数分。

悶《もだ》えるセレナさんをよそに、僕はコテツをもふもふしながら施術が終わるのを待った。

五分が過ぎ、顔を真っ赤に染めたセレナさんが、少し息を荒らげて起き上がった。

「セレナさん？　大丈夫でした？」

「へ？　は、はひ！　もんだいありましぇん……」

え⁉　ふらついてますけど⁉

急いでセレナさんを支えようとするが、そもそも身長差があるから全然届かない。

「あ、ありがとう……ございます。オーナー」

「いえいえ！　これからフウちゃんたちをお願いします！」

「ええ。お任せください。必ずや『ぽよんぽよんリラックス』を最高のお店に導いてみせます」

「あはは……あまり無理はしないでくださいね？」

セレナさんが何かを決心したように、フウちゃんたちに熱い眼差しを送っていた。

ジエロ町の一角《いっかく》にある建物で始まった『ぽよんぽよんリラックス』。

完全予約制なのもあり、やっと長蛇の列がなくなったが、予約は常に満タンで、ひっきりなしに人の出入りがある。

そんな大人気の店へと変貌《へんぼう》したのだった。

○

「ワタル～、お店はどう？」

しばらくして、僕の監視《かんし》役に任命されたエレナちゃんがお店にやってきた。

「うん。とてもいい感じ！　フウちゃんたちが頑張ってくれるからだけど、セレナさんもすごくテキパキ働いてくれて大助かりだよ～」

「セレナお姉ちゃんはうちの町でも一番頭がいいんだからね！　セレナお姉ちゃん～！」

「あら、エレナちゃんじゃない。久しぶりね」

「うん！　セレナお姉ちゃんはこれから町で暮らせるの？」

「そうね。正直、私が商人として外に出ないといけないと思っていたけど、『ぽよんぽよんリラックス』を切り盛りするのが一番大切かもしれないわね」

「そうなの？」

「ええ……あのぽよんぽよんはすごいからね」

「そんなにすごいんだ？」

「あら？　エレナちゃんはまだなの？」

「うん！」

そう言われてみれば、あのマッサージはエリアナさんたちによって広まったけど、エレナちゃんはまだ体験したことがなかったね。

「フウちゃん？　お休み中に申し訳ないけど、エレナちゃんにもお願いできるかな？」

『やります！　私！　頑張る！　ご主人様！　大好き！』

あはは～フウちゃんはいつも元気いっぱいだね。

「エレナちゃん。もしよかったらフウちゃんのマッサージを受けてみない？」

「え～っ⁉　いいの？」

「うん！　いつもお世話になっているエレナちゃんのためなら、フウちゃんも喜んで頑張るって！」

「じゃあ、お願いします！」

予備のベッドに案内されたエレナちゃんが僕に呼びかけた。

「ワタル！」

「うん？」

「こっちに来て！」

「えええええ!?」

「広いし、ワタルも一緒に受けたらいいと思う」

うつ伏せになったまま、ベッドの余ったスペースをトントンと叩いて僕に言う。

「エレナちゃん！　それはいいわね！　これなら夫婦で受けることもできるかも！」

「「夫婦!?」」

「さあ、オーナー、早く乗ってください！　フウちゃん～こうしてああしてこうして～こうやってね！」

セレナさんの勢いに負けて、ベッドにうつ伏せになる。

うう……女の子と並んでベッドだなんて……。

「えへへ～楽しみだね、ワタル～」

「そ、そうだね」

「どうかしたの？　顔赤いよ？」

「な、なんでもない！」

「変なワタル〜」

少し待っていると、セレナさんから色々指示されたフウちゃんが、エレナちゃんと僕の背中や足裏でぽよんぽよんと跳ね始める。

フウちゃんたちは僕の魔力でできた棒を食べて、十分に魔力を蓄《たくわ》えているらしい。一日中跳びはねていてもへっちゃらになっているそうで、毎日喜んでいるくらいだ。

もし無理しているのなら、マッサージはさせないのだけれど、フウちゃんたちには運動にもなっているようで、喜んで頑張ってくれている。

「ん〜気持ちいい〜」

隣のエレナちゃんが気持ちよさそうに言った。

その日、セレナさんが考案した『ぽよんぽよんカップルスペシャル』は、次の日からメニューに加えられたのだが、これがまたとんでもなく人気を博したのであった。

○

そんなこんなで、『ぽよんぽよんリラックス』は、セレナさんに全面的に預け、この先も続けてもらう運びとなった。

最初はただ僕の代わりにお店を営業してもらうだけで、長くやるつもりはなかった。

というのも、皇鋼亀の骨の武器が完成したら、僕はこの町を出ていくかもしれないからだ。

そう考えていたのだが、久々に町に戻ってきたセレナさんが店長を引き受けてくれただけでなく……意外なことにやる気になってくれた。

セレナさん発案の『ぽよんぽよんカップルスペシャル』なんて名前で作ったコースは、予想外の人気で予約が殺到《さっとう》している。

その件もあり、町長から「『ぽよんぽよんリラックス』はセレナを店長に据《す》え、できればこの先も営業させてほしい」と直々にお願いされた。

最初は悩んだけど、言葉が通じないフウちゃんたちと意思疎通《そつう》をしっかり図っているセレナさんの真剣さに折れ、全面的にお願いすることにした。

それで僕はというと、『ぽよんぽよんリラックス』で得られた収益の一部をもらうことになって、名実共にオーナーとなったのだった。


エレナちゃんが僕に言う。

「ワタル？　明日から狩りに出かけられるの？」

「うん！　セレナさんに『ぽよんぽよんリラックス』をお願いしたから。フウちゃんたちもセレナさんならいいって」

「セレナお姉ちゃん、すっごく頑張ってたもんね！」

「うんうん。セレナさんにならみんなを任せられそうだよ」

「じゃあ、ワタルも狩りの打ち合わせに行こうよ！」

「打ち合わせ？」

「うん！　お父さんたちが明日の狩りの準備中なんだ。みんなワタルと狩りに行くの、すごく楽しみにしていたんだから！」

「そっか！　僕も楽しみだな！　コテツも楽しみだよね？」

「ワン！」


僕たちは、ゲラルドさんたちが明日の狩りの打ち合わせをしている訓練所に向かった。

「ワタルくん！」

「ゲラルドさん。『ぽよんぽよんリラックス』はセレナさんにお願いすることになりました。明日から狩りに出かけられそうですので、お願いします」

「おお！　それは楽しみだ。明日はビッグディアー狩りに出かける予定なんだ」

それからゲラルドさんは狩りの仕方や作戦などを教えてくれた。

ビッグディアーは左右に跳びながら逃げるタイプの魔物で、狩るのは少し大変だけど、追いやったらまっすぐ走り出す特性があるそうだ。

「ワタルくんには、ビッグディアーが走り出したところを攻撃する役をお願いしようと思っているのだが、どうかな？」

「はい！　できる範囲で頑張ります！」

「ああ。失敗してもまた次頑張ればいいし、そういうのを繰り返してどんどん上手くなるんだ。だから気楽に参加してくれ」

「分かりました！」

他のメンバーの皆さんも優しい笑みを浮かべて僕を受け入れてくれた。

そして、明日、僕は初めて集団での狩りを体験することとなった。

○

次の日。

「ワタルくん！　そっちに行ったぞ！」

「はい！　大丈夫です！　行くよ～コテツ！」

「ワンワン！」

ゲラルドさんたちが追いやった大きなビッグディアーがこちらに向かって走ってくる。

既にかなり体力を削られているようだ。

スキルで出したレイピアを持って、ビッグディアーを待ち受ける。

最初に僕がビッグディアーの左前足を斬りつける。

それと同時にコテツは前足に不思議な魔力を纏《まと》わせ、右前足を攻撃した。

体勢を崩《くず》したビッグディアーが倒れ込む。

「離脱しました！」

すぐにビッグディアーから距離を取り、離脱したことを伝える。

すると後方で構えていたヒュイさんとシレンさんによる弓矢攻撃が始まる。

スキルがあれば、一本の矢を放っただけで三本に分裂するらしい。一瞬で六本もの矢が刺さると、ビッグディアーは大きな鳴き声を上げた。

ここがチャンスで、僕は吠えているビッグディアーの角《つの》二本の根本を全力でレイピアで斬った。

硬い角が地面に落ちると同時にコテツが回収し、追いついたゲラルドさんたちがトドメを刺した。


――経験値を獲得しました。――

――レベルが上昇しました。――


「ワタル～！　すごいよ～！　全然見えなくて、しゅっしゅっと跳んで、ぱぱぱってすごかった～！」

ずっと後方で見守ってくれたエレナちゃんが全身を使って大袈裟《おおげさ》に褒《ほ》めてくれる。

擬音ばかりだけど、言いたいことは伝わってくる。可愛らしいエレナちゃんの姿に嬉しくなって、自然と笑みがこぼれてしまった。

「ワタルくん。お疲れさま。危険な役目を担《にな》ってくれて助かった」

「いえいえ！　僕は素早いのだけが取り柄ですから、力になれて嬉しいです」

さっきまでの僕はレベル11で、ＡＧＩ《俊敏》のステータスが１０１＋１１０で合計２１１なのだが、どうやらこれはそれなりに高い数値みたい。

かけっこなら、ゲラルドさんたち大人より僕の方が速い。

素早さが必要な役割は僕が補うのが一番だと思ったから、魔物の最後の逃げ道で足を斬りつけて止める役目を担ったのだ。

「あれ？　ワタル？」

「ん？」

「なんだか前より凛々《りり》しくなった気がするよ？」

「あ〜もしかして、レベルが上がったからかな？」

「わあ〜、おめでとう！」

「おめでとう。ワタルくん」

皆さんが祝ってくれる。

「ありがとうございます！」

レベルは11から13に上がっていた。

ダークボアを倒した時は1から11に上がったから、やはりレベルを上げるならダークボアが一番なのかな。

それか、大人数で倒すと獲得経験値が低くなるとかあるのかな？　いつか検証できそうならしてみたい。

「今回レベルが上がったのなら、次上がるのはまだ少しかかりそうだな。ワタルくんは初めてのレベルアップかな？」

「いいえ、以前ダークボアを倒した時に上がってます」

「あぁ！　そういえば、ダークボアを倒していたんだな。それにしてもそこから初めての狩りでレベルが上がるなんて、珍しいこともあるもんだな」

「あれ？　レベルってそんなに上がらないんですか？」

「もちろんだとも。レベルを1上げるだけでも狩りを数十回はこなさないといけないし、ある程度のレベルを超えると、さらに上がりにくくなるのさ」

「そうだったんですね！　ちなみに皆さんのレベルはどれくらいなんですか？」

「うむ。俺は41だな」

「すごい！　めちゃくちゃ高いです！」

「あはは、ずっと狩りを続けているからな。ワタルくんも狩りを続けていれば、どんどん上がっていくと思うから根気強くやってみるといい」

「はいっ！　頑張ります！」

生活ももちろん大事だけど、ダークボアのような脅威から大切な人を守るためにも力が欲しい。

だからレベルを上げるのも目標として忘れないでおこう。

ステータスを見たら、次のようになっていた。

《ステータス》
名前：ワタル
種族：人族
年齢：八歳
加護：【チュートリアル】
　　　【大地の女神の加護】
レベル：13
HP《体力》：250
MP《魔力》：250
STR《力》：121+130

VIT《生命力》：１２１＋１３０
DEX《器用》：１２１＋１３０
AGI《俊敏》：１２１＋１３０
INT《知力》：１２１＋１３０
RES《精神力》：１２１＋１３０

《スキル》
【武器防具生成】
【成長率（チュートリアル）】
【経験値軽減特大】
【全ステータスアップ（レベル比）】全ステータス＋１３０
【コスト軽減（レベル比）】全スキル13％減
【拠点帰還】
【レーダー】
【魔物会話】
【初級テイム】スライム×7
【ペット召喚】コテツ

「…………ワタルくん、重くないのかい？」

「え？　大丈夫ですよ！　コテツが手伝ってくれるからすごく軽いです！」

ビッグディアーは二メートルくらいある鹿《しか》のような魔物で、見た目通りの重さがあるそうだ。

みんなで担《かつ》いで持って帰ろうしたけど、試しに僕が持ってみたらすごく軽くて一人でいいやと思って持つことに。

一応コテツも後ろから前足で支えながら、後ろ足で歩いて器用に手伝ってくれる。

コテツってこういうこともできるようになって、すごく賢くなったんだな。


町に帰ってくると、一番にエリアナさんが出迎えてくれて、僕とエレナちゃんの無事を喜んでくれた。

ビッグディアーはすぐさま町のお肉屋さんに運ばれて、みんなの食材となる予定だ。

狩りの報酬《ほうしゅう》は後日お肉屋さんからゲラルドさんへ、ゲラルドさんからみんなに渡る手筈《てはず》だ。

「ゲラルドさん」

「うむ？」

「僕のお給料はいりませんからね？」

「そういう訳には！」

「僕はゲラルドさんのお家に居候していますし、毎日美味しいご飯と温かい寝床を用意してもらっていますから。だから僕はもらわなくていいですよ！」

いくら子どもとはいえ、生活費がかかることは知っているし、できれば逆に支払いたいくらいなんだから、こういうことでお返しできたらいいなと思う。

「貴方。ワタルくんもこう言っていますから、狩りのお給料は生活費として受け取りましょう」

「そ、そう……だな」

「ワタルくん？　代わりに毎日美味しいご飯を作ってあげるからね？」

「はい〜！　すごく楽しみにしてます！　それと、狩りって一人で行ってもいいんですか？」

「一人で？」

「えっと、ちょっと目的がありまして…………」

「…………無理はしない？」

「はい！　絶対に無理はしません！」

「はぁ、ワタルくんなら黙ってでも出かけそうだから、絶対に無理しないという約束ならいいわよ」

「ありがとうございます！　エリアナさん！」

すると、ゲラルドさんが言う。

「ワタルくん。最初は近場の弱い魔物から試すといい。エレナ、時間がある時に案内してあげなさい」

「は～い！」

うんうん！　これなら隠れながらしなくても、ちゃんとレベル上げを頑張れる。

少しでも強くなっておきたいのは、ダークボアがまた現れた時、もしも二体以上出てきたら対処できるだろうかという心配からだ。

滅多《めった》にそういう状況はないらしいけど、備えあれば憂《うれ》いなしというからね。


その日は、一度お店に寄ってスライムたちにご飯をあげて、セレナさんに店の様子などを聞いてから、少し町を散策する。

ジエロ町は、猫耳族の町で人口は約八百人。

そのうち六百人が大人で二百人が子どもだ。大人たちは非常に子どもを大切にしていて、子どもたちもお互いにすごく仲がいい。喧嘩している子どもなんて、まず見かけない。

ただ、ゲラルドさん曰く、結婚についてのみ厳しい掟《おきて》もあるそうだ。

最大の掟は、女性を娶《めと》る際に奪い合いになった場合、負けた方は町から出ていくというものだそうだ。

例えば、エリアナさんにゲラルドさんとAさんが同時期に求婚したとする。

この際に、エリアナさんの気持ちよりも、二人の男性の気持ちが尊重される。ただし、両方断る場合のみ、エリアナさんの気持ちが尊重される。

エリアナさんがゲラルドさんと結ばれたかったとしても、掟のために二人は決闘《けっとう》し、その結果ゲラルドさんが勝ち、負けたAさんはエリアナさんを諦《あきら》め、町を出ていく、という感じだ。

ちなみにこれは実際にあった出来事だという。

町民たちの仲がいいからこそ、秩序を守るために必要な掟で、どこの世界でもこういう決まりは大切なんだと思えた。

その話を一緒に聞いたエレナちゃんが真剣な表情で僕の方を向く。

「ワタル」

「うん？」

「私が成人したら結婚してあげてもいーよ」

「えええええ⁉」

「えへへへ〜」

一点の曇《くも》りもない笑顔で言うエレナちゃんにドキッとしたのは内緒だ。

○

次の日。

エレナちゃんに案内されてやってきたのは、ビッグディアーがいた場所より少し手前の森の中だった。

少し開けた場所があって、木々が広く点在しているだけなので、周囲がよく見える。

「ワタル！　あれが一番弱いグンラビットだよ」

エレナちゃんが指差した場所には、白い毛に覆《おお》われた可愛らしくて丸々と太ったウサギがいた。

じっくり観察をしていると――――ウサギがこちらを見る。

「っ⁉」

あんなに可愛らしいフォルムなのに、どうして顔は厳ついおっさんなの⁉

「ぷふっ。ワタルもあの顔には驚くんだね！」

「そりゃそうだよ！　あんなに可愛いのに、どうして顔はおっさんなんだろう……」

「ちなみに、グンラビットって、おっさんウサギっていう意味みたいだよ？　お父さんがコダイゴって言ってた！」

へぇーこの世界でも古代語があるんだね？　今度機会があれば詳しく聞いてみようかな？

それはそうと、今は目の前に集中。

可愛らしいフォルムをしていても、蹴られただけで大怪我をする可能性がある魔物らしい。

「コテツ。エレナちゃんを守って。僕は軽く戦ってみるよ」

「ワフン」

凛々しいコテツがエレナちゃんを守ってくれるなら安心だ。

僕はゆっくりグンラビットの近くに移動する。

カサッカサッ。

グンラビットの耳が僕の足音にピクピクと反応し、こちらに顔を向けて睨みつけてくる。

割と好戦的な性格らしくて、小さい相手なら逃げないと聞いたのは、本当のことらしい。

そろそろ一気に詰められる距離に来た。

グンラビットが何かを仕掛けてくる前に、全力で走る。

自分でも驚くくらい、今の僕はとても速くて、グンラビットも一瞬の出来事に驚く間もなく、僕の放ったドロップキックをもろに受けた。

一応、面と向かっての攻撃だから奇襲ではなく、正々堂々とした戦いだよね？

すぐにレイピアを出して、グンラビットの反応を待つ。

…………。

…………。

…………。


―　経験値を獲得しました。　―

「あれ!?　たったこれだけで倒れちゃったの!?」

「ワタルすごいよ〜！」

いつの間にかやってきたエレナちゃんが嬉しそうに声を上げた。

「まさかグンラビットを一撃で倒せるなんて！　すごい〜！」

エレナちゃんの視線の先を追うと、僕のドロップキックを受けたグンラビットは、向かいの大きな木にまっすぐ刺さっている。

「まさか一撃だとは思わなかったよ」

「あはは〜。私、あんなグンラビット見たことないよ〜。ワタルったらすごいんだから〜。あはは〜」

エレナちゃんが腹を抱えて笑い転げ、僕もそれに釣られて笑ってしまう。

木からグンラビットを引き抜くと、目がバツ印になっていて、倒したのは間違いないようだ。

エレナちゃんと笑っている間に周囲のグンラビットは他の場所に行ってしまったようだし、なんだか拍子《ひょうし》抜けしてしまったから今日はこの一匹だけにしようかな。

狩りは一応大成功（？）とみなして、お肉屋さんにグンラビットを持っていったら、今日はエリアナさんにそのまま渡して食材にするといいと言われた。

大体どこの家庭も初めて一人で狩った獲物は、家で食べる習わしだそうだ。

エリアナさんとゲラルドさんにグンラビットを渡しながら、エレナちゃんが今日の出来事を大袈裟に説明してまた笑い転げる。

エレナちゃんの説明が終わると、エリアナさんとゲラルドさんの二人は優しく僕を褒めてくれた。

ただ、ゲラルドさんには、今度ドロップキックを使う時は必ず獲物の後方に木がある時だけにするように言われた。

初めて狩ったグンラビットは、今まで食べたお肉の中でも格別に美味しかった。

○

今日もエレナちゃんと一緒に狩りに来た。

昨日のエレナちゃんは案内役だったけど、今日は一緒に戦う予定だ。

それには理由があって、ゲラルドさんから「もし今後グンラビットを狩りに行く時は、うちのエレナも連れていってほしい。グンラビットは弱いといっても魔物。まだエレナでは一人で狩れない。だがエレナもレベルが上がっていけば、力も強くなるし、いずれグンラビットも倒せると思う。すまないが余裕がある範囲でよろしく頼む」と言われたのだ。

僕としては、一緒に来てくれる仲間がいるのはとても嬉しいことなので、快諾した。

「エレナちゃん。昨日の感じからすると、グンラビットはあまり素早くなさそう。どんな方法でもいいから離れた場所から攻撃できる？」

「じゃあ、この小弓を使うよ！」

普通の弓よりもひと回り小さい弓は、矢を遠くには飛ばせないが、グンラビットを狙う分には問題なさそうだ。

「じゃあ、そこに落ちている小石を撃《う》ってね」

「えっ？　小石？　矢じゃなくて？」

「うん」

「？？？？」

「矢だと数に限りがあるし、重さもあるから狙いを定めるのに時間がかかるでしょう？　エレナちゃんのレベルなら軽い小石がいいと思う」

「そっか！　じゃあ、それでやってみるね！」

小石なら割とどこにでも落ちているので、弾切れはまずなくなる。

足元にあった小石を一つ拾ったエレナちゃんが器用に小弓に小石をセットすると、弦《つる》を引きながら「軽い～！　狙いやすそう！」と嬉しそうに言ってくれた。

グンラビットが生息してる地域に到着すると、【レーダー】を全解放した。周囲に赤い点がちらほら見える。

「エレナちゃん。あっち」

「うん……！」

点の方にゆっくり近づくと、僕たちの射程距離に入るよりも先にグンラビットがこちらに気づく。

ただ僕たちを見ても全く逃げる素振りを見せない。

すぐにエレナちゃんが小弓を構えてグンラビットに小石を放った。

パーン！

小石がグンラビットに当たると、怒り顔になってこちらにまっすぐ走ってきた。

走る速度は、まあまあかな？　でも決して速くはない。

レイピアを出して、向かってくるグンラビットを一突きしてみる。

一応足を狙ってみたら、ちゃんと狙い通り足を突けてグンラビットの体勢が崩れた。

すると、僕の後ろに控《ひか》えていたエレナちゃんが腰に差していた短剣を両手で持って、素早く走り、グンラビットを一度斬って離脱する。

これは狩りの基本的なヒットアンドアウェイ戦術だ。

魔物が何をするか分からないからね。

案の定、グンラビットは動かせる片足で地面を蹴り飛ばして攻撃を試みるが、僕は既にその動きを見切っていたので、すぐさまレイピアで斬りつけると、グンラビットはその場に倒れ込んだ。


―　経験値を獲得しました。　―

「わ～い！　倒せたよ～ワタル～！」

「エレナちゃん、頑張っ――――ひぃ!?」

駆け寄ってきたエレナちゃんに思いっ切り抱きつかれ、変な声を漏《も》らしてしまった。

「ねえねえ、まだまだ狩っていくでしょう？」

「う、う、うん！　そ、そ、そうしよう、か、か、かな」

「あれ？　どうしたの？」

「な、な、なんでも、な、な、ないよ！」

「あはは～、また変なワタル～」

うぅ……女の子に抱きつかれるなんて…………。

それから僕たちは同じ戦術でグンラビットを狩り続けた。

狩ったグンラビットは、コテツの背中に括《くく》りつけた箱の中に入れている。

コテツに「重かったら言ってね」と言ったけど、グンラビットが三十四入っても平気らしい。

四十四目を倒した時、エレナちゃんのレベルが初めて上がると、嬉しそうに跳ねて、また僕に抱きついてきた。

あう…………。

○

「ただいま～お母さん！」

「おかえり！」

「お母さん！　お母さん！　聞いて～！」

「あらあら、いいことでもあったのかしら？」

「うんうん！　ワタルのおかげで私、もうレベルが上がったんだよ！」

「えっ⁉　もう⁉」

「うん！　グンラビットいっぱい倒したんだから！」

コテツの背中の箱を指しながら、自慢《じまん》げに話すエレナちゃん。

エリアナさんが僕に言う。

「ワタルくん。本当にありがとう！」

「いえいえ！　エレナちゃんのおかげでとても楽で楽しかったです！　グンラビットもいっぱい捕まえてきましたし～」

「うふふ。お肉屋さんも喜んでくれるわ。グンラビットのお肉は淡白《たんぱく》で美味しいからね～」

ダークボアには劣《おと》るが、グンラビットも十分美味しい。

魔物のお肉は臭みが全くなくて、どれも美味しい。

これはエリアナさんの料理が上手だから――という理由だけではないみたい。

この世界の食材には臭みがほぼないそうで、どんな食材も美味しくいただけるとのことだ。

それにしてもエリアナさんの料理はなんでも美味しいんだけどね！


早速三人でお肉屋さんにやってきた。

「今日はグンラビットをできる限り捕まえてきましたよ～」

「お～昨日に続き、ありがとうな！」

ムキムキで、髭《ひげ》と太い眉毛《まゆげ》がチャームポイントのおじさんが出迎えてくれた。

コテツの背中から箱を下ろして、中に入っていたグンラビット四十匹をカウンターに置いた。

「お、おう⁉　こんなに狩ってきたのか⁉」

「はい～」

「なんという……グンラビットといえば、狩るのは簡単だが素早くて時間がかかると有名な魔物なのに、この短時間で四十匹だあ～⁉」

「エレナちゃんと僕が力を合わせれば簡単でしたよ～」

「ほぉ……ぜひその方法を伝授してほしいものだな。ひとまずこちらは全て買い取らせてもらうよ」

「ありがとうございます！　お金は全部ゲラルドさんに渡してください！」

「む？　今日もか？」

「はいっ！」

「ワタルくん!?　だめよ？　それはワタルくんが狩ってきた魔物でしょう？」

僕とおじさんの話にエリアナさんが割って入ってくる。

「でも半分はエレナちゃんが狩った分ですし、僕もそれほどお金は必要ないので！」

「で、でも………」

「必要なモノがあったら、相談しますから！」

「そ、そう？　…………はぁ、ワタルくんがそう言うと梃子《てこ》でも動かないからね。おじさん、それでお願いします」

「おうよ！　これからも無理のない範囲で捕まえてきてくれると助かるぜ！　坊主！」

「は～い！　またたくさん捕まえてきます！」

あたふたするエリアナさんをよそに、グンラビットを買い取ってもらって、『ぽよんぽよんリラックス』に顔を出すことにした。

「セレナお姉ちゃん～」

「あら、エリアナさんにエレナちゃんにオーナー。いらっしゃい」

「お疲れさまです、セレナさん。お店の様子はどうですか？」

「はい。三日目ですがとても順調です。ただ…………」

「ただ？」

「この子たちがオーナーに会えないのを寂しがっている気がします」

セレナさんの言葉通り、スライムたちはぴょんぴょん跳ねているけど、少し寂しそうな感じが伝わってくる。

フウちゃんはいつも『ご主人様！　大好き！　頑張る！』って言ってくれるけど、その言葉に甘えすぎていたのかな。

「あ！　セレナさん。そろそろお店も終わりますよね？」

「はい？　そうですね。丁度予約の分も終わったので、今日はそろそろ閉めます」

「エリアナさん！」

「は～い」

「セレナさんもうちで一緒に食事をしたらだめですか？」

「あら、いいわよ。セレナちゃん、久しぶりにうちでご飯でもどうかしら？」

「えっ？　いいんですか？」

「もちろんよ。ワタルくんの代わりに頑張ってくれているセレナちゃんに、ぜひ恩返しもしたいし。来てくれると嬉しいわ」

「では、お言葉に甘えさせていただきます」

そうと決まると、エリアナさんは食材を購入して一足先に家に帰ると言って、エレナちゃんを連れて店を後にした。

僕はスライムたちを撫でてあげながら、セレナさんのテキパキとした片づけを見守った。

お店を閉め、スライムたちとセレナさんと一緒に家に帰ると、美味しそうな匂いに出迎えられた。

いつもは四人の食卓にセレナさんも一緒に座り、周囲にはコテツとスライムたちもいて賑やかな食事になった。

「「「エレナちゃん！　初めてのレベルアップ、おめでとう！」」」

○

「ワタルッ！　いくよ〜！」

「いつでも！」

ヒューッ、パーン！

「コテツッ！」

「ワン！」

エレナちゃんが放った小石がグンラビットに当たるのとほぼ同時に、飛び出した僕とコテツが足を攻撃する。

魔物も種類によって知能に差があるようで、グンラビットは思っていたよりもずっと低知能だ。

攻撃してくる相手にしか目が行かないし、相手がそれほど大きくなければ必ず突撃する。

その習性を利用して、まず初撃を与えて、グンラビットが振り向いて走りかけた時にその足を狙うと、すぐに倒れ込む。それからエレナちゃんが短剣で倒れたグンラビットの額《ひたい》を刺すと、グンラビットを倒せる。

この戦術で、グンラビットを狩り続ける日々が続いた。

そうして色々研究した結果、ダメージの仕組みについてある程度知ることができた。

前世ではそもそも体力とかの数値は存在しなかったが、この世界では魔物にも設定されているらしい。

というのも、色々試していると、グンラビットが毎回同じ回数の攻撃で倒れることに気づいたのだ。

ただ、その回数が減る時もあった。

回数が減る理由を解明するために色々やり方を変えてたどり着いたのが、次のような考え方だ。

仮に、グンラビットの体力を１００だとする。一度斬りつけるとそれが40減る。つまり三回斬りつけると相手は倒れる。

この時斬りつける部位は、身体のどこでも変わらない。

ただし、一か所だけ違う。グンラビットの場合、その場所は額だ。

僕がグンラビットの額を突いた場合、確実に一撃で倒せる。

ちなみに、通常の攻撃で与えられるダメージは、**ＳＴＲ《カ》＋武器の攻撃力－相手のＶＩＴ《生命力》**だと思われる。

ではグンラビットの額に攻撃した時だけ結果が変わるのはなぜか。それは額が『弱点部位』だからではないかと思う。

そして、この弱点を攻撃した場合、与えられるダメージが上昇する。もしくは、相手のＶＩＴ《生命力》を無効化する。僕の予想では、この両方だ。

ＳＴＲ《カ》＋武器の攻撃力が50だとして、そこからグンラビットのＶＩＴ《生命力》10を引くとダメージは40になるため、通常二回の攻撃では倒れない。

だが、額を攻撃した際は一撃で倒れる。

弱点を攻撃すると、相手のＶＩＴ《生命力》によるダメージの減少を無効化した上で自分の与えるダメージが二倍になるとすると、丁度１００になるので、グンラビットを一撃で倒せるという訳だ。

こんな風に考えるに至ったのは、グンラビットの額をエレナちゃんの短剣で攻撃した時は一撃では倒せなかったからだ。

と、まぁこんなことを思いついたからといって、強くなれる訳ではないけれど、これから狩りをする上では大きなアドバンテージになると思う。

前世でも会社の仕事をより効率よく進めるために、こういう理論的なことをよく考えていた。そのおかげで、業績を伸ばせたこともあるからね。それのせいで妬《ねた》みの対象になることもあったけども…………。

それはともかくとして、今回こういうことを考えた一番の目的、それはエレナちゃんや一緒に狩りをする仲間たちの行動を最適化して、安全性を増すためだ。

グンラビットの両足に僕とコテツがダメージを与え、エレナちゃんが額を攻撃してトドメを刺す。ダメージを計算することで、狩りが安全に進められるのだ。

おかげでエレナちゃんが狩りに参加しやすくなって、とても楽しそうに狩りをしているのが嬉しい。

明日は久しぶりにビッグディアーを狩る日なので、この方法をビッグディアーでも試してみようと思う。

○

「では、本日はワタルくんの提案通りにやってみよう」

「「はい！」」

ビッグディアーを狩る前の打ち合わせで、僕の持論を簡単に説明した。ビッグディアーにもあるはずの弱点を探すこと。少なくとも弱点を攻撃された魔物は大きく反応を見せるはずだ。

まぁ弱いところを刺されたら誰でも大きく反応するよね。

ということで、今回は狩りというより、弱点を見つけるのが目標だ。

「エレナちゃん。危なくなったら迷わずに逃げるんだよ？」

「うん！」

「約束ね！」

「分かった！」

僕とのレベル上げのおかげなのか、エレナちゃんはすっかり強くなった。なんと、レベルが10まで上がったそうだ。僕はというと、実は28になっているけどね。

エレナちゃんの年齢（八歳）でレベル10はものすごいことらしくて、ゲラルドさんが嬉し泣きをしてたのが印象的だった。

そんなエレナちゃんは弓を担いで、遠距離攻撃組に加わった。元々、猫耳族の中でも随一の感覚を持つ彼女は、弓の才能に秀《ひい》でていて、もう小石じゃなくて矢を使えるようになった。

森の中を進むと、【レーダー】に普段と違う少し大きな赤い丸を見つける。もしかして、敵の強さによって【レーダー】に表示される形が違うのかな？

「この先にいます」

メンバー全員に緊張が走る。

「ゲラルドさん。僕とコテツが先陣を切りますっ！」

「分かった！」

ゲラルドさんの返事を聞き、僕とコテツが全速力で走っていく。

「は、速っ⁉」

後ろからメンバーの声が聞こえた気がした。

「コテツ！　後ろをお願い！」

「ワン！」

コテツと短くやり取りを交わし、正面のビッグディアーと対峙する。

以前狩った時は、二メートルもの巨体に驚いたが、今は弱点っぽい場所を数か所予想できるほど落ち着いている。

僕に気を取られているビッグディアーの後ろからコテツが攻撃を仕掛ける。

小さなコテツの見た目とは裏腹に大きな打撃音が鳴り響くと、ビッグディアーの体勢が崩れる。

「今だっ！」

最初に試す弱点は、やはり額。

レイピアの先を額に刺して、すぐにその場から離れる。

僕が離れたタイミングでビッグディアーが暴れ出す。

その様子からして、どうやら額は弱点ではないみたい。ということは、全ての魔物の弱点が額という訳ではないようだ。

「撃つよ～！」

エレナちゃんの声が聞こえて、すぐに矢が三本飛んでくる。

それぞれ前足、腹、目を狙ったようだ。

そのどれもが見事に刺さり、ビッグディアーが再び暴れ出す。が、いつもの弱点の反応とはまた少し違う。単純に攻撃はできたけど、ダメージ自体は普通にしか入ってないように見える。

「どれも違う！」

「あい！」

その場で暴れているビッグディアーの足を、ゲラルドさんが斬り刻む。

それに続いて、みんながそれぞれ足を斬りつけると、すぐにビッグディアーが崩れ落ちた。

だが、完全に倒せてはいない。

体力が残っているようだ。

まだ弱点を攻撃できていないらしい……ビッグディアーの弱点はどこだ？

「ワタルくん！　もしかしたら弱点はここかもしれない！」

そう叫んだゲラルドさんが斬りつけたのは、ビッグディアーの――――喉だった。

その瞬間、ビッグディアーの身体が大きく痙攣《けいれん》し、弱点を攻撃した時の反応を見せる。

「間違いない！　ビッグディアーの弱点は、喉です！」

ビッグディアーの体力がまだ少し残っているようだったので、すぐに僕がレイピアをビッグディアーの喉に刺すと、経験値を獲得した時のアナウンスが流れた。

その後も僕らは討伐を続けた。

二体目に倒したビッグディアーは、僕が引きつけている間にコテツが後ろから攻撃して体勢を崩し、僕がレイピアで数回喉を突いてすぐに離脱。すぐさまエレナちゃんたちが矢を三本喉に放つとその場で倒れるという、鮮やかな倒し方ができた。


「おお～！　ゲラルド！　今回は大猟《たいりょう》だな！」

町に戻ってすぐに町民たちがやってきた。

いつもの狩りならビッグディアーが一体仕留められたらいい方で、成果がない日も度々あるのに、今日の荷台に載せられているビッグディアーはなんと三体だ。

町民たちがその成果を喜んでくれるのは、狩りの難しさを知っているからこそだと思う。

「ワタルくん」

「はい」

「これは全てワタルくんが成し遂《と》げたことなんだ」

「成し遂げたこと……ですか？」

「ああ。狩りとは命をかけて行うもので、場合によっては帰ってこられない可能性もある。でも狩りに行かねば我々は食料を得ることができない。それをみんなもよく分かっているんだ。だからこうして安全に帰ってこられたこと、狩りが成功して食料を手に入れられたことを、みんなで喜ぶんだ」

きっと今まで生きるための犠牲《ぎせい》も多かったのだろう。

猫耳族は町全体が家族のように仲がいいから、その度に辛い思いをしてきたのだろうと思った。

僕たちの無事と成果を喜ぶ町民たちに胸の奥が熱くなるのを感じた。

「ワタル～」

「ん？」

「今日は私もお母さんと一緒に作ったからいっぱい食べてね～！」

テーブルに並んでいる料理の中に、少しだけ不格好なお肉のミルフィーユが交ざっている。

他の綺麗なミルフィーユを見るに、こちらがエレナちゃんが作ったモノなんだろうな。

「いただきます！」

いつものように手を合わせて料理を食べ始める。

エレナちゃんの期待に満ちた眼差しを受けて、目の前の不格好なミルフィーユから食べ始める。

「ん！　美味しい！」

「本当⁉」

「すごく美味しいよ！　変な味がしたらどうしようと身構えちゃったよ」

「え～⁉　そんなこと思ってたの⁉」

「「あははは～！」」

身を乗り出すエレナちゃんを見て、みんな笑顔になる。

「それにしてもワタルくんが大活躍したそうね！」

「そうだよ！　ワタルがしゅっしゅっぱーってやって、ぱ～ってやったらあの大きいビッグディアーが簡単に倒れちゃったんだよ～！」

エレナちゃんは興奮しすぎたのか、擬音ばかりの説明をしている。

こういうところは年相応なんだね。

「ワタルくんのおかげで魔物に弱点というものがあると分かったんだ。これで狩りも楽になるだろう」

「すごいわね！　ありがとう。ワタルくん」

「いいえ！　僕も色々検証できて嬉しいです！」

一人だと弱点の検証には時間がかかりすぎるからね。狩りで試させてもらえたのは本当に助かった。

そんな僕たちをじーっと見つめていたのは、今日も一緒に食事をしていたセレナさん。

「オーナーって八歳でしたよね？」

「へ？　は、はい」

「…………なるほど。人族はすごいとは聞いていましたが、オーナーを見ているとそれが分かった気がします」

「ん？」

「エヴァ様が苦戦するのも理解できた気がします」

エヴァ様って？

その名前が出た途端、ゲラルドさんとエリアナさんの表情が曇る。

どうかしたのだろうか？

「あ〜！　エヴァお姉ちゃんっていつ遊びに来るの？」

どうやらエレナちゃんも知っている人のようだ。

「エレナ。エヴァ様は忙しいのよ。数年はかかるかもしれないわね」

「そう……だな」

どこか歯切れの悪い返事をしたゲラルドさんが、チラッと僕を見る。

けれど、それ以上エヴァさんについては語らなかった。

なんとなくだけど、きっと皆さんにとってエヴァさんは大切な人なんだと思った。

いつか紹介してくれたら嬉しいな。

○

今日はフウちゃんたちが休みということで、フウちゃんたちと一緒に、久しぶりに森の中にある泉にやってきた。

フウちゃんたちも元々過ごしていた泉が嬉しいみたいで、すぐに跳び込んだ。

「あ〜！　薬草が生えてるよ！」

エレナちゃんの言葉通り、泉の周囲には綺麗な青い色の花が美しく咲いていた。

「せっかくだから少し持って帰ろうか」

「うん！　これの蕾は赤ちゃんの薬になるからすごく大切なの！」

「赤ちゃん用だったたんだ。それは大切だね。持てる分だけ持って帰ろう」

エレナちゃんに教わったやり方で青い花の蕾をまるっと採る。

魔力を多く含んでいるそうで、蕾を斬ってもすぐに生えてくるそうなので、躊躇せずにどんどん採っていく。

泉の周囲の薬草を全部採った頃、フウちゃんたちが泉から帰ってきた。

「あれ？　フウちゃん？　なんか増えてない？」

『ご主人様！　増えた！』

ふ、増えた……？

『水場！　入る！　増える！』

「へぇー、スライムって水場に入ると増えるんだ？」

『うん！　ご主人様！　みんな！　大好き！』

五匹のスライムが新しく増えたようで、どうやら増えた子は従魔としては判定されてないようだ。

フウちゃんと一緒にいたいみたいだから、五匹のスライムも従魔にしてあげよう。

レベルが上がって、魔力と【コスト軽減（レベル比）】が増したおかげで五匹を一気に従魔に迎えることができた。

フウちゃんの時は一日一匹しかできなかったから、大きな成長を感じるね。

「わあ！　スライムたちが増えた～！」

エレナちゃんが喜ぶ。

「フウちゃんたち曰く、水場でスライムが増やせるみたいだよ～」

「へぇ～！　そうなんだ。水場で増えるんだね？」

「そうみたい」

「ふうん～」

「どうしたの？」

何かを考え込むエレナちゃん。

そんな彼女からとんでもない言葉が飛び出した。

「それってスライムたちが交尾《こうび》したってことなんだよね～？」

「へ？」

「でも魔物って交尾するんだ？」

「え、え、えっと、ど、ど、どうなんだろう？」

エレナちゃんがさも当たり前のように交尾という言葉を口にする。

確かにそう言われれば、フウちゃんたちは交尾したことになるのかな？

「魔物はそうやって数を増やすのね～。うちのお母さんとお父さんは――」

「ストップ！　すと～っぷ～！」

「ん？」

「エレナちゃん！　それ以上は言っちゃだめだよ？」

「どうして？」

いやいや！　どうしても何も、そういうことはあまり口にしない方がいいんだよ！

「だって一緒に布団の中で寝るだけだし、何がおかしいの？」

「へ？」

「私たちは同じ布団で眠ると生まれるみたいだよ？　フウちゃんたちも似た感じなのかな～？」

「あ、あはは………」

変に焦《あせ》ってしまった…………。

「ワタル？　どうしたの？　顔が真っ赤だよ？」

「なんでもないよ！　エレナちゃんが変なことを言うから！」

「え⁉　変なことなんて言ってないよ！」

「言ったよ！　絶対に人前で交尾とか言わないでね？」

「え～」

「絶対！」

「分かった～。ワタルがそう言うならちゃんと守るね」

これでなんとか誤魔化《ごまか》せた気がする。

エレナちゃんが大人になるまでは交尾のことは考えさせないようにしないと…………。

「あ～でもうちのお母さんとお父さん。布団の中に入るとたまに喧嘩するんだよね～」

「へ？」

「途中でお母さんは変な声で泣いちゃうもん」

「エレナちゃん！　それ誰にも言っちゃだめだからね⁉　分かった⁉」

「えっ⁉　どうして？」

「なんでも！　絶対！　分かった⁉」

「う、うん。ワタルって変なところで怖くなるよ～」

絶対守らせなければ。

帰り道、何度も他のところでは絶対に言わないようにエレナちゃんに釘《くぎ》を刺しておいた。

○

今日はフウちゃんたちをお店まで送り届けて、とある家にやってきた。

ここは大人たちが仕事に向かう時に子どもを預ける場所だ。猫耳族は五歳までは預ける習慣があるみたい。

六歳からは割と自立しているというか、一人で勝手に遊ぶし、簡単な仕事も手伝う。元々の身体能力が高いからこそだと思う。

そんな保育園のような場所にエレナちゃんが遊びに行くということで、僕もお供《とも》させてもらった。

「みんな~！　今日はワタルお兄ちゃんが来たよ~！」

「「わ~い！　ワタルお兄ちゃん~！」」

三十人はいるだろうか。三歳くらいの子どもたちが一斉にわーっと走ってきて、僕に抱きついてきた。

「も、もふもふ!?」

思わず声にしてしまうくらい、小さな子猫のような子どもたちがふわふわで、可愛らしい。

一人一人頭を撫でてあげる。

「「ふわあああああ！」」

頭を撫でてあげると、子どもたちは不思議な声を上げる。

その時。

――【大地の女神の加護】により、スキル【ゴッドハンド】を獲得しました。――

へ？

頭の中に不思議な声が聞こえてきた。

ゴッドハンドってなんだろう？　ステータスをチェックしてみると、確かに元々十個あったスキル欄にもう一つ【ゴッドハンド】が追加されている。

というかスキルって、新たに獲得できるの!?

「「はわあああああ！」」

あっ！

無我夢中で撫でていたら、子どもたちがさらに変な声を上げた。

「み、みんな!?　どうしたの？」

「「もっと撫でて！　もっと撫でてよ！　ワタルお兄ちゃん！」」

次々に集まってくる子どもたち。

「こらこら！　ワタルお兄ちゃんが困っているでしょう！　みんな一旦離れて～！」

一生懸命にエレナちゃんが子どもたちを引き剥《は》がしてくれるけど、子どもたちは全力で僕から離れようとしないし、離されてもまたくっついてくる。

「あはは……まあ、みんなも疲れたらやめてくれると思うからいいんじゃないかな」

「ワタルは優しいんだから………疲れたら言ってね？」

「分かった～。ありがとう。エレナちゃん」

それから続々と突撃してくる子どもたちの頭を懸命に撫でてあげて、エレナちゃんともう一人来ていた女の子が何かを準備しているのを眺める。

二人とも慣れた手つきで準備を進め、脚が短いテーブルの上にたくさんの玩具《おもちゃ》が並んだ。

「みんな～！　玩具だよ～！　えっ？　まだ撫でてるの？」

「あはは……なかなか離れてくれなくてね」

「こら～！　もう終わり～！」

「「やだあああああ！」」

全力で拒否する子どもたちとエレナちゃんの二回目のバトルが始まる。

しばらく引き離し作戦を繰り返すが、あまり効き目がなかったので、僕が撫でるのをやめると子どもたちが名残惜《なごりお》しそうに離れてくれた。

「みんな、後でまた撫でてあげるからね？」

「「「はーい！」」」

とても素直な子ばかりでいいね。

それからエレナちゃんたちは玩具の遊び方を教えて一緒に遊び始める。

ただの玩具というよりは、勉強も兼ねている知育玩具《ちいくがんぐ》だね。

すると、積み木で遊んでいた子どもが積む途中で倒してしまう。

泣き出しそうになっている子どもに、エレナちゃんは頭を優しく撫でながら、「倒れても大丈夫。最初からなんでもできる人はいないの。だからみんなで練習して上手くなっていくんだ〜。私も最初は全然上手くなかったんだよ？」と語りかけた。

「本当？」

「そうだよ？　ワタルお兄ちゃんも同じだよ？」

子どもが僕を見つめる。

その仕草がまた可愛らしくて笑みがこぼれてしまう。

「僕も最初は失敗しかしなかったよ。でも繰り返していくうちに段々上手くなったんだ」

「そうなんだ！　僕も頑張る！」

僕もエレナちゃんに倣《なら》って子どもの頭を撫でてあげる。

「はわあああああ！」

すると周りにいた子どもたちがまた僕に突撃してくる。

「「私も〜！」」

「「僕も〜！」」

「うわあああ！　ま、待って！　分かったから！」

「ワタルッ！　頭撫でるの禁止！」

そんなドタバタで楽しい一日を過ごした。


家に帰ると、エレナちゃんが疲れた顔でテーブルの上にぐったりと倒れ込んだ。

「うぅ……今日はすごく疲れた…………」

「あはは、お疲れさま」

「うぅ……これもワタルのせいなのよ」

「そうだね。今度からは少し気をつけるよ」

なんとなくテーブルにうつ伏せになっているエレナちゃんの頭を撫でてあげる。

「はわあああああ！」

その日、寝る直前までエレナちゃんに頭を撫でてほしいとせがまれた。

○

今日は鍛冶屋のお爺さん、ユレインさんに呼ばれてお店にやってきた。

「ユレインさん～」

「おぉ。ワタルくん。いらっしゃい」

ゲラルドさんとエレナちゃん、フウちゃんと一緒にソファーに座った。

出されたお茶を飲んでいると、ユレインさんが口を開いた。

「お待たせしたね。ようやく完成したのじゃよ」

そう言いながらとある箱を僕の前に置いてくれた。

ゆっくり箱を開けると、その瞬間、隙間から眩しい光が漏れ出した。

恐る恐る蓋《ふた》を取ると、中から美しい虹色に輝く短剣が姿を現した。

「す、すごい！」

見ただけで短剣の中に込められている大きな魔力を感じ取ることができた。

ゆっくりと右手を伸ばして短剣の柄に触れる。


―　皇鋼亀の短剣を登録します。　―

―　スキル【武器防具生成】に専用武器として登録しました。　―

へ？

登録⁉

するとなんとなくだけど、手にした短剣と僕の魔力が繋がったような感覚を覚える。

もしかしてスキル【武器防具生成】があれば、普段は武器などを自分の中に魔力として置きかえてしまっておくことができるのか？

試しにスキルを使ってみると、手にしていた短剣が姿を消した。

「短剣が消えた⁉」

「大丈夫。僕と繋がったから消えたように見えるだけだよ。この子はいつでも僕の中から助けてくれると思う」

スキルをもう一度使用して先ほどの短剣を取り出す。

一度取り込んだ僕専用の武器は、いつでも召喚できるらしい。

この世界に来て初めて使ったレイピアは、消費する魔力の量で強さが決まったんだけど、どうやら今回登録した武器にはそういう仕組みはないみたい。

感覚的には自分の中に本物の武器がいて、それをコピーするイメージ。

コピーといっても本物となんら変わりない。本物のままなのだ。

ということは、折れてもまた召喚できそうだ。

「ユレインさん！　こんなに素敵な武器を作ってくださってありがとうございます！」

「お、おお……いやいや、こちらこそじゃ。奇跡というのは本当にあるのかもしれない」

「奇跡ですか？」

少し誇《ほこ》らしげな表情になるユレインさん。

「そうじゃ。武器とは作られる段階から持ち主を選ぶといわれておる」

「えっ？　武器がですか？」

「そうじゃ。そういう武器を我々鍛冶屋は『魔剣《インテリジェンスソード》』と呼んでおる。魔剣は使用者を選び、自身が選んだ人には強大な力を貸すのじゃ。魔剣が言葉を発することはないが、常に使用者を見続けておる。その短剣は作られた時点でワタルくんの武器となるべくして魔剣となったのじゃろう」

「僕の武器となるべくして………」

「奇跡というのは、時に必然と言えるのじゃ。ワタルくんのよき家族であるコテツ殿が持ってきた皇鋼亀の骨にワタルくんへの思いが宿り、魔剣となりワタルくんに仕えたいという意思を持った。きっとそういう運命じゃったんだろう」

ユレインさんの言葉に、手に持った短剣から喜んでいるような感情が伝わってくる気がした。

言葉は聞こえないし、何か明確な意思が伝わってくる訳でもない。

でも短剣と僕の間には確かな絆があった。

「確かにこの子と僕の絆が繋がった気がします」

「絆か……いい言葉じゃ」

「はい。僕は誰かに助けられてばかりですが、これからも僕にできることをやりたいと思います。ユレインさん。素敵な武器を作ってくださって、本当にありがとうございました」

短剣もユレインさんに感謝を伝えたがっている気がした。

この短剣は、猫耳族と僕たちを繋ぐ絆。

大切にしていこうと誓《ちか》った。

「ワタル〜」

「うん？」

「その子に名前はつけてあげないの？」

「名前か〜」

「猫耳族はね、愛用の武器には名前をつける習慣があるんだよ！」

「そうなんだ！　とても素敵だね！」

「うん！　ワタルもつけた方がいいと思うな！」

「そうだね〜。僕もこの子に名前をつけてあげたいな」

そう話すと、短剣からまた喜びの感情が伝わってくる。

本当に生きているみたい。いや、本当に生きているんだ。

「君の名前は――――叢雲《むらくも》だよ」

―皇鋼亀の短剣の名称が『叢雲』に確定しました。―

不思議な声がし、ステータスを見てみる。

《ステータス》
名前：ワタル
種族：人族
年齢：八歳
加護：【チュートリアル】
【大地の女神の加護】
レベル：30
HP《体力》：590
MP《魔力》：590
STR《力》：291＋300
VIT《生命力》：291＋300
DEX《器用》：291＋300

AGI《俊敏》：２９１＋３００
INT《知力》：２９１＋３００
RES《精神力》：２９１＋３００

《スキル》
【武器防具生成】専用武器：叢雲
【成長率（チュートリアル）】
【経験値軽減特大】
【全ステータスアップ（レベル比）】全ステータス＋３００
【コスト軽減（レベル比）】全スキル30％減
【拠点帰還】
【レーダー】
【魔物会話】
【初級テイム】スライム×12
【ペット召喚】コテツ
【ゴッドハンド】

第6話

その日は珍しく雨が降っていた。

この世界に来て初めての雨だ。

雨が降る前に空の向こうから真っ黒な雲が流れてくるのをいち早く察知し、町の人たちは雨の対策を始めている。

ただ、雨なら傘《かさ》を用意したり合羽《かっぱ》を用意したりするはずなのに、なぜか大人たちは武装し、異様な緊張感に包まれていた。

僕はエリアナさんに尋ねる。

「どうして雨が降るだけなのに、みんな武装しているんですか？」

「ワタルくん…………よく聞いてほしいの」

「はい」

「これから…………戦いが起きるわ」

「えっ⁉　戦い⁉」

「そうよ。これは私からのお願いなんだけど、もしもの時はエレナを連れてこの町から東へ逃げてもらいたいの」

「ちょ、ちょっと待ってください！　どうして急にそんなことになるんですか⁉」

「………ワタルくんは記憶をなくしていたのだったわね？」

「そ、そうですね」

一応記憶はしっかりあるというか、前世の記憶はバッチリ覚えている。

ただ、あまりにもこの世界のことを知らなすぎるから、記憶喪失《そうしつ》ということにしている。

「本来、雨は降らないの。雨が降るのは戦争でお互いの陣営がぶつかる寸前に、両軍の険しい気持ちがぶつかり合った時の表れなの」

そうだったんだ……だからみんなは戦いの準備を………。

「えっ⁉　ということは、近くで戦争が起きてるってことですか⁉」

「そうよ。まさかここまで押されたとはね………」

「一体誰が戦争をしているんですか？」

転生前の僕なら、こんな他人の事情に踏み込むようなことは聞かなかったかもしれない。

でも猫耳族とはこの世界に来てからずっと仲良くしてもらったからこそ、みんなに関わることは知りたいと思ったのだ。

しかし僕の問いに、エリアナさんの表情がひどく辛そうなものに変わる。答えにくいことなのかもしれない。

「エリアナさん。僕は猫耳族を家族だと思っています」

エリアナさんが目を大きく見開く。

「まだ子どもですが、僕にも戦える力があります。家族を守りたいんです…………もう奪われたくないんです」

「っ⁉　ワタルくん……もしかして記憶が…………」

「えっと、記憶は戻ってはいないんですけど、僕の家族はもう……生きていないんだと思います」

「っ⁉」

エリアナさんが僕を抱きしめてくれる。温かさを感じながら、視線の先に不安そうなエレナちゃんが見えた。

「もしもの時はエレナちゃんを連れて逃げます。ですが、それは最悪の場合です。僕も戦います。ですから事情を教えてください」

「…………分かったわ」

そしてエリアナさんは重い口を開いた。

「戦っているのは、魔族と人族なの。魔王率いる魔族と、勇者率いる人族は、古来戦っているのよ」

「えっ⁉」

「私たち猫耳族は大昔、人族の勇者様に助けられた過去があるの。でも今の人族は亜人《あじん》族を毛嫌いしていて、殆ど関わりがなくなってしまったの。長年人族に味方していた猫耳族は、人族と敵対する魔族とも仲が悪くてね………でも今代の魔王様はとても心が広い方で、私たちとも交流をしてくださっているの。だから今、猫耳族は魔族側で戦争に参加しているの」

「えっ⁉　でも普段はそんな様子なんて……」

「参加していると言っても全員じゃないわ。私たちの中から精鋭五人が戦場に出ているの。少なくとも人族もそれを知っているはずよ」

「そう……だったんですね」

エリアナさんが辛そうにしていた理由って、僕が人族だから、人族と魔族が戦っていると知らないでいてほしかったからか……。

「あれ？　じゃあどうして僕を初めて見た時、攻撃しなかったんですか⁉」

ゲラルドさんたちが初めて僕を見た時、攻撃してきてもおかしくなかったはずだ。

でも僕の【レーダー】では、皆さんの色は赤くならなかった。

それどころか僕と対話までしてくれた。

「確かに人族と魔族が戦争をしているけど、私たちは全ての人族が敵じゃないのを知っているの。勇者様に助けられた一族だからね。だからうちの旦那もワタルくんを初めて見た時、敵だとは思えなかったと思うの。それに――――」

「それに？」

「エレナが一緒に笑って話せる相手を、私たちは敵だとは思えないもの」

視線をエレナちゃんに移すと、不安そうな顔で弱々しく笑う。

もしかして、僕が人族だから、これから別れることになるかもしれないと考えているのかな。

「エレナちゃん。僕は絶対に向こうには行かないよ」

「えっ⁉　どうして？」

「だって、僕に初めて笑顔を向けてくれたのは、ほかでもないエレナちゃんだもの。だから猫耳族は僕にとって家族なんだ。エリアナさん、エレナちゃん。僕は僕にできることを頑張るよ。だから一緒にこの苦境を乗り越えよう！」

二人は僕を抱きしめてくれた。

温かい二人の感触を忘れないように、僕も二人を抱きしめた。


雨はますます強くなり、町中の大人たちの表情が強張《こわば》る。

僕はというと、エリアナさんにお願いしてゲラルドさんを説得してもらい、防衛に加わることとなった。

人族が敵だとしても、僕は戦うと決めている。

だって猫耳族は僕にとってもはや家族同然なのだから。

「ワンワン！」

「ごめんごめん。コテツもだったね。一緒に猫耳族を守ろうね？」

「ワン！」

コテツの頭や身体をわしわしと撫でてあげる。

新たに覚えたスキルのおかげで撫でるのが上手くなったようで、コテツもご満悦《まんえつ》の表情だ。

その時、山の向こうに大きな雷《かみなり》が落ちた。

「あれは普通の雷じゃないですね」

「ああ。伝説に聞く勇者様の雷《いかずち》に似てるな」

「勇者様って雷を操れるんですか？」

「そう伝わっている。勇者様の雷は敵を滅ぼす最強の矛《ほこ》といわれているんだ」

「そうなんですね………もしかしたら近くに勇者様がいるのかもですね………」

「間違いないだろうな。人族の勇者様と魔族の魔王様の戦いになっているからな」

「そうだったんですね……なんとなく雲が東に流れているのは………」

「あまり考えたくないが、東側にいる魔族が劣勢ということだろう」

雲の流れはどんどん東に向かっている。

なんなら西の空にはところどころ日が差してさえいる。

その時だった。

「誰か来るぞ！」

高台から声が聞こえて一気に緊張が走る。

するとコテツが吠えた。

「ワンワン！」

全力で走っていくコテツ。

「コテツ⁉　ま、待ってよ！」

僕も急いでその後を追う。

僕たちの足の速さはゲラルドさんたちも知っているから、飛び出しても無事に戻ってこられるだろうと信用して見送ってくれたみたいだ。

コテツに追いつくと、近づいてきた一団と、コテツが対峙していた。

「コテツ！」

「なっ⁉　どうしてここにも人族が！」

僕を見た魔族の一団の一人が叫んだ。

「待ってください！　僕らは戦うつもりは――」

「人族め！　ここで滅ぼしてやるぞ！」

大きな身体の鬼のような魔族が手に持った長い棍棒《こんぼう》を振り下ろした。

それを避けながら相手の方を見ると、後ろに血まみれの魔族の女性が見える。

「っ⁉　その怪我は⁉」

「ちっ！　すばしっこい人族じゃのぉ！」

「コテツ！　あの人を急いで町に運んで！」

「ワン！」

僕は叢雲を取り出して鬼と対峙した。

コテツは後方に抜けると、女性を守っていた二人の魔族を振り払って女性を背に乗せて走り出す。

一瞬の出来事に鬼も困惑して、次第に怒りの表情になった。

「貴様らはどこまで我々から奪えば気が済むのじゃああああ！」

鬼の怒りに満ちた一撃が僕を襲う。

避けようと思えば簡単に避けられたが、僕はその攻撃を正面から受け止めた。

「なっ⁉　子どもがわしの攻撃を受け止めたじゃと⁉」

「くっ……い、痛っ………もう一度言います！　僕には戦う気がありません！　あの女性は危ない状態だったので僕の家に運ばせてもらいました！　皆さんは人族と戦争をしている魔族ですよね⁉　猫耳族から話は聞いています！　どうか武器を下ろしてください！」

「何！　人族の言うことなど！」

この鬼たちは間違いなく戦争から逃げ延びた魔族だろう。

きっとさっきの女性の傷の深さを見るに、仕方なく逃げてきたのだろう。

人族に対しての深い怒りが、降りしきる雨から僕の心にも届いてくる。

だから僕は手に持った叢雲を投げ捨て、両手を上げた。

「僕は魔族と戦う気がありません！　どうか皆さんも町で休んでください！」

「ふざけるな！」

再び鬼の怒りが込められた一撃が振り下ろされた。

地面をえぐるほどの大きな音が周囲に響く。

「…………皆さんも怪我をしているじゃないですか。今は少しでも休むべきです。貴方も後ろの二人もすごい怪我をしています！」

「…………」

鬼は地面に叩きつけた棍棒から僕に視線を移し、じっと僕の目を見つめる。

「…………僕は猫耳族の家族です。皆さんと戦う気は全くありません」

「…………」

鬼は大きな棍棒をその場に置いて、無言のまま町に向かって歩いていった。

○

「エリアナさん！　先ほどの女性はどうでしたか？」

「ワタルくん！　ありがとう！　あと一瞬遅かったらどうなっていたか分からなかったわ」

「それはよかった…………助かりますよね？」

「ええ。絶対に助けてみせるわ。うちにある薬草を全部使ってでもね」

女性の隣では、大きな鬼さんが胡坐《あぐら》をかいて、目を閉じて彼女を守っているようだった。

そんな彼も大きな怪我をしているので、そのまま町民たちが手当てをしている。

「えっと、僕は外にいるので何かあったら呼んでください。僕にできることはなんでもやります」

「ありがとう。ワタルくん」


そして、僕は家の外に出た。

僕がいると、彼らはゆっくりできないだろうと思っての行動だ。

「ん？　雨が…………」

真っ黒い雲が空を支配していたのが嘘のように消えていき、眩しい光が降り注ぐ。

雨雲が消え去ったということは…………戦争が終わったということだ。

鬼さんたちの怪我の具合から見て、魔族側が勝った訳ではないだろう。

ということは…………。

「ワタル……」

「エレナちゃん、大丈夫だよ。絶対に守ってみせるから」

「ありがとう。私も頑張る！」

「そうだね。一緒に力を合わせて頑張ろう」

僕は全力で【レーダー】に集中する。

赤い点が僕たちの敵のはずだ。

レベルが30となり、【レーダー】の範囲も随分と広がったおかげで、山の向こうまで探知できるようになっている。

そこに見えるのは無数の赤い点だ。

彼らがこちらに向かっているのは明白。

もしかしたら鬼さんたちを追っているのかも。

だってあの鬼さん、めちゃくちゃ強そうだったから。あの大怪我がなければ、僕なんて一瞬でやられたと思う。

そんな鬼さんでも敵《かな》わなかった相手が、まもなくこちらにやってくる。

戦わずに済むならそれが一番だけど、覚悟は決めておかないといけないね。

【レーダー】に表示されていた敵は、一か所に集まり始めた。

時間的にこのまま山に入ると夜を迎えるから、野営でもするのだろうか。

すぐにゲラルドさんに現状を報告して防衛を固めた。


「ワタルくん」

エリアナさんが、家のそばに戻った僕を呼んだ。

「エリアナさん」

「ありがとう。ワタルくんの迅速《じんそく》な対応のおかげで、なんとかエヴァ様を助けることができたわ。これで一安心よ」

ん？　エヴァ様？　どこかで聞いたことがあるような？

「あ！　エヴァ様って……以前エレナちゃんが話していたお姉さんですか？」

「ええ。エヴァ様は………今代の魔王様なの」

「えええええ⁉　あの女性、魔王様だったんですか⁉」

まさかの事実に大きな声を上げてしまった。

エリアナさんは困ったように苦笑いを浮かべると頷いてくれた。

そういえば、あんなに強い鬼さんがそばにいるくらいだから、魔族にとってとても大切な人だと想像していたけど、まさか魔王様本人だったとは驚きだ。

エレナちゃんから聞いた話ではとても優しい人らしいから、助かったなら本当によかった。

「エリアナ殿」

家の中から、一人の魔族さんが出てきた。

「は、はいっ」

「エヴァ様が目を覚ましまして、ワタル様とお会いしたいとのことですが、お願いしてもよろしいですか？」

「えっ？　僕？」

僕を指名してきたことに驚いてしまった。

第7話

「は、初めまして」

僕が中に入ると、傷だらけの魔王様が全身を包帯に巻かれてベッドに痛々しく横たわっていた。

ただ、開かれたその瞳からは強い信念が伝わってくる。

「初めまして。君がワタルくん？」

「はい。僕がワタルです」

「まず、私たちを助けてくれてありがとう」

「い、いえ！　僕は猫耳族の一員としてやるべきことをしただけですから」

「ふふっ。ゲラルドさんから聞いた通りね」

隣で頷くゲラルドさん。

「えっと、魔王様はどうして僕を？」

「私のことはエヴァと呼んでいいわ」

「えっ!?」

「いいのよ。命の恩人ですもの。それにこんな情けない魔王なんて……」

隣の鬼さんが目を開いた。

「エヴァ様」

「あはは……ごめんなさい。エルラウフ」

「エヴァ様は立派な魔王です。それはこのエルラウフが保証します」

エルラウフさんはエヴァさんを深く信用しているんだね。

「でも私では勇者に手も足も出なかったわ」

「それは………」

「エヴァさん、勇者と戦ったんですか？」

「ええ。私たちと人族の戦いは拮抗《きっこう》していたのだけれど、数年前に現れた勇者のせいで少しずつ追いやられているの。前線で激しい争いになってしまって、被害が増える前に戦争を決着させるために勇者と一騎打ちする羽目になったんだけど………見ての通り弄《もてあそ》ばれるくらい力の差があったわ」

「っ………」

エヴァさんの傷。

よく見ると全て急所からは外れている。

その理由は………見なくても分かる。エヴァさんをわざと傷つけて弄んだんだ。

それだけで勇者がどういう性格なのかが分かる。

自然と拳《こぶし》に力が入ると、隣にいたエレナちゃんが僕の拳を両手で包み込んでくれた。

「ワタル？　怒ってくれてありがとう。でも相手はワタルと同じ人族なの。あまり怒らないでほしいな………」

「エレナちゃん………僕は」

「知ってるよ。私たち猫耳族を家族だと言ってくれたんだもん。でもね？　ワタルはこの先もずっと人族なの。だから人族を嫌いにならないでほしいの」

「エレナちゃん………うん。ありがとう。まずは話し合ってみようと思う」

「うん！　その方がいいよ！」

僕とエレナちゃんのやり取りを見ていたエヴァさんが笑みを浮かべた。

「二人はとても仲がいいのね」

「うん！　エヴァお姉ちゃん、ワタルってすごいんだよ！」

「そうね。エルラウフの一撃を止めたそうね」

「それはエルラウフさんが怪我していたから！」

それを聞いて一瞬眉がぴくっと動くエルラウフさん。

「ふふっ。怪我していてもエルラウフの一撃を止めたのはすごいことよ。本当に敵じゃなくてよかったわ」

「はい。僕は絶対に裏切りません。魔物の脅威から猫耳族を守ってくれたエヴァさんの味方です」

「それはありがたいわ」

そう言いながらエヴァさんが少し辛そうな表情をする。

「みんな！　これでおしまい！　エヴァ様はまだ傷が深いのよ！　エヴァ様、もう休んでください。みんな出てってください〜！」

エリアナさんの言葉に、みんなで家を後にした。

「ワタルくんといったな？」

ん？

後ろから声がして振り向くと、中にいたはずのエルラウフさんがいて、ちょっとびっくりしてしまった。

「は、はい！」

「…………ワタルくん。感謝する」

エルラウフさんは僕の前に跪《ひざまず》いた。

「エルラウフさん!?」

「エヴァ様はあと一歩遅れていたら、きっと助からなかったじゃろう。本当に感謝する。わしの心が曇ってワタルくんに手を上げてしまった………どうか許してほしい」

「許すも何もありません！　僕はエヴァさんをあんな目に遭わせた勇者と同じ人族ですから当然です。だから顔を上げてください」

エルラウフさんは僕とまっすぐ目を合わせる。

「こんなに綺麗な瞳を持った人族がいるとは思いもしなかった。わしも長年生きているが、君のような人族と会うのは初めてじゃ………長く生きてみるモノじゃな」

「ふふっ。エルラウフさんにはまだまだ生きてもらわないと困りますよ？　エヴァさんの一番の味方なんですから！　エヴァさんがすごく困っちゃいますよ～」

「そうじゃな。エヴァ様を困らせてはならないな」

「はい！　エルラウフさんも傷が深いんですからゆっくり休んでくださいね」

ちなみにエルラウフさんは勇者とエヴァさんの一騎打ちを止めようとしたら、人族陣営の『聖騎士』と呼ばれる者と戦いになって深手を負ったみたい………。

「分かった。そうさせてもらおう」

そう言ってエルラウフさんは家の中に戻っていった。

なんとなく魔族というと悪い人のイメージがあったけど、この世界の魔族ってみんないい人だと思う。

とても澄んだ目をしていて、情に厚くて、温かい心を持っている。

そんな彼らだからこそ、猫耳族も慕《した》っているんだ。

これから、ここに向かってくる人族……勇者と話し合いを試みようと思う。

○

町に近づいてくる人族を待っていると――

「や、やめて！」

山の奥から現れた大勢の人。

その一番前には両翼《りょうよく》を斬られてボロボロにされた魔族が二人おり、人に蹴られて地面に転がる。

「っ!?　なんて酷い……」

思わず言葉が出てしまうほどに、目の前の光景が信じられなかった。

人ってそこまで残虐《ざんぎゃく》になれるの!?

気がついたら僕は既に走り出していた。

後ろから僕を呼ぶエレナちゃんの声が聞こえたけど、我慢なんてできない。

「やめろおおおお！」

最前列にいた人を蹴り飛ばす。

「コテツ！　魔族の二人を町に！」

「ワン！」

小さな身体で二人の魔族を引っ張って走るコテツ。

「な、なんだ貴様は！　子ども!?」

「貴方たち！　どうしてこんなことをするんですか！」

「はあ？」

「いくら魔族とはいえ、生きている命じゃないですか！　どうしてあんな酷いことができるんですか！」

「がーっはははは！　魔族なんて踏みつぶしてなんぼだろ！　お前こそ人族だな？　どうして魔族の肩を持つ!?」

「魔族も人族も関係ありません！　彼らはここで一生懸命に生きてます！　人族に対して悪いことは何もしていません！」

「ふん！　そんなことはどうでもいいんだよ！　魔族は全員根絶やしにするんだ！」

男が立ち上がり、僕に殴りかかってくる。

ゲラルドさんたちと比べると、ずっと弱い彼のパンチが当たるはずもなく、僕は彼の身体に蹴りを入れて吹き飛ばした。

後方に並んでいた兵士たちが剣を抜く。

僕も叢雲を出そうとした時、一人の男が前に出てきた。

「みんな、剣を納めろ！」

風になびく金髪と、深い緑色の瞳と整った顔立ち。

そして引きしまった体つき。

誰もが振り向くほどの美男子だ。

「君、人族だよね？」

「えっ？　は、はい」

軽めのトーンで話しかけられ、ちょっと拍子抜けしてしまう。

男は笑みを浮かべたままゆっくり歩いてきた。

「こんなところにいると危ないよ？　人族と敵対する猫耳族や魔族は残虐非道な生き物なんだ」

「そんなことありません！　ここに住んでいる猫耳族はみんないい人ばかりです！」

「それはね。君が騙《だま》されているんだよ。前線では猫耳族は何人もの人を殺しているんだよ？」

「そ、それは…………」

「それとも君は人族が殺されるのは当たり前だとでも言うつもりかい？」

「そんなことは言いません！　ですけど、魔族をあんな風に弄ぶのは違うと思います！」

「…………ちっ」

男から笑顔が消える。

次の瞬間、急に近づいてきたその男が僕を蹴り飛ばした。

「これだから俺様はガキが嫌いなんだよ。ちょっと優しくするとすぐつけ上がりやがって」

言葉遣いが変わった。こっちが本性《ほんしょう》か。

でも、エルラウフさんの一撃に比べれば遥かに弱い。さっきの兵士よりはずっと強いけど。

「はあ？　子どもの分際でやるな。ちっ。めんどくせぇ。全員滅ぼしてやるか～」

彼が腰に差している大きな剣を抜いた。

虹色に輝くそれは、僕の叢雲にも似た雰囲気が感じられる。

「ちっ。子ども如《ごと》きが俺様に聖剣を抜かせるなんて」

「聖剣!?」

「おうよ。てめぇをこれから斬るのは――――勇者様ということよ！」

大きな剣が僕に振り下ろされる。

けど、僕の短剣にその軌道が阻《はば》まれる。

「はあ？」

「貴方は……勇者でありながらどうして命を粗末にするんですか！」

僕は全力の飛び蹴りを勇者の腹に叩き込む。

油断していたのか、勇者は僕の蹴りをもろに受けて剣を落として吹き飛んだ。

「貴方なんかに絶対負けません！」

「く、くそが！　なんなんだてめぇは！」

吹き飛んだ勇者が叫んだ時、彼の後ろに前世での彼の姿が見えた。

言動や表情、怒った時に右目がぴくっとなる仕草は、間違いなく転生前に会った男――ルイと呼ばれていた勇者くんだ。

そういえば僕が転生したのって、この勇者に巻き込まれたからなんだよね!?

僕が八歳に転生したから、てっきり彼も八歳だろうと思い込んでいた。

けれど、目の前の勇者は明らかに大人だし、エヴァさんは勇者が数年前に現れたと言っていた。

一体どういうことなんだろう……でも、今はそんなことより……。

「どうして勇者なのに簡単に命を奪うんですか！」

「はあ!? 俺様は勇者だぞ！　俺様の言うことは絶対だ！　魔族みたいなゴミムシは踏みつぶして当然だ！　俺様の糧《かて》となるべき存在なんだ！」

「何を言ってるんだ………貴方はそんなことのために魔族を傷つけて！　戦争を大きくして！　どれだけの人が傷ついたのか分からないんですか！」

「そんなこと知るか！　みんな俺様の糧となればいい！　人間だろうが魔族だろうがみんな俺様のためにあるモノだ！　俺様は勇者だぞ！　こんなところで……」

そう言いながら、勇者は突然起き上がり、僕に向かってきた。

が、思ったより勇者の速度はそれほど勢いがなく、遅いとさえ思う。

跳び込んできた勇者の勢いに合わせて、今度は顔面にストレートパンチを叩き込む。

「く、くそが！」

勇者も拳を振りかざすが、どれも僕には当たらず、僕はそれを避けながら追加攻撃を繰り出した。

すると、勇者が叫んだ。

「魔族じゃなく人間だからって、許されると思うなよ！」

勇者の両手から黄色い光が溢れ出す。

――――来る！

僕は瞬時にその場から動いた。

直感通り、僕がいた場所に強烈な雷が落ちる。

「きゃははは！　雷で焼いてやるぜ！」

勇者は次々に雷を繰り出す。が、そのスピードは避けられないほどじゃない。

数分にわたる攻撃を全て避け切ると、勇者が息を荒らげている様子が見えた。

「な、なぜ当たらない！　この攻撃が当たらない奴なんて、今までいなかったぞ！　あのゴミ魔王ですらボロボロにしたんだぞ！」

「っ！」

エヴァさんの痛々しい姿を思い出す。

その時。

「ワンワン！」

僕の隣にコテツが現れた。

「はあ？　柴犬⁉」

「コテツ。ありがとう！」

「ワン！」

「なんでこの世界に柴犬がいるんだ⁉」

「コテツは僕のペットです」

「は？　ペット⁉　…………もしかしてお前、あの時のおっさんか？」

彼の目尻が吊り上がる。

「僕もまさかこんな形で会うとは思いませんでした」

「くはははは！　あのおっさんがこんなところで子どもになっているのか！　きゃはははは！」

大きな声で笑う彼に、嫌悪感を覚えずにはいられなかった。

「おいおい。おっさんよ⁉　こんなところで俺様の足を引っ張るんじゃねぇ！　てめぇみたいな脇役はすっこんでろ！　俺様の活躍を黙って見てろっつったろうが！」

そう言いながら、また雷を繰り出す。

コテツも攻撃の気配が分かるようで雷を避けた。

「コテツ！　いくよ！」

「ワン！」

一人だと避けるので手一杯だったけど、コテツの加勢で余裕が生まれ、左右に分かれて反撃を始める。

「はあ!?」

状況を理解していない様子の勇者は、僕に向かって雷を繰り出す。

後ろがガラ空きだ。

コテツが勇者の背中に突撃する。

「がはっ！」

大きく体勢を崩した勇者の前方から、今度は僕が殴りかかる。

反撃しようとする勇者を、コテツが攻撃して阻む。

数十秒間、僕らの攻撃を受け続けた勇者は、遂に気を失った。


「………コテツ。もう終わりだよ」

「ワン！」

「本当はもっと痛い目に遭ってもらいたいけど……このままじゃ死んでしまうかもしれないからね」

「ワン！」

「はぁ………返しに行こうか」

コテツと一緒に勇者の足をそれぞれ持って、兵士たちのところに引きずっていく。

「勇者様が子どもに負けたぞ！」

近づくと、どよめく兵士たち。

「皆さん！　僕はもう戦いを望んでいません！　勇者はお返しします！　でもまた悪さをするなら、いつでも相手になります！」

兵士たちが右往左往していると、一人の女性が前に出てきた。

美しい銀色の髪と慈《いつく》しむような表情を浮かべた顔は絶世の美女と言っても過言ではない。

「貴方様のお名前は？」

「僕はワタルといいます」

「……そうでしたか。貴方様がワタル様でしたのね」

「ん？　会ったことありましたっけ？」

「いいえ、初対面です。私は聖女のステラと申します。以後お見知りおきを」

「は、はい。よろしくお願いします」

「本日は勇者様を助けてくださりありがとうございます」

「えっ？」

「ふふっ。殺そうと思えば殺せたでしょう？」

「あ………」

気づいていたのか……。でも、さすがに憎い勇者でも殺しはしないよ………。

「勇者様はこちらで預かります。あ、それと――――」

ゆっくり近づいてきた彼女は、僕の耳元である言葉をささやいた。

……どうやら彼女は敵ではなさそうだ。

勇者を引き渡すと、兵士たちは全力で逃げていった。

○

「「おかえり！」」

町に帰るや否や、エレナちゃんとエリアナさんが抱きしめてくれた。

「ただいま！　無事、勇者を追い払いました！」

「怪我はしていないんだね⁉」

「はい！　ほら、見てください。僕とコテツは無傷です」

涙ぐんでいるエリアナさんの前で両手を広げてみせる。

「ワタルくん。本当にありがとう」

「僕がやりたくてやったことですから。それよりも戦争で傷ついた魔族たちが、この町の南に集まっているかもしれません」

実は、逃げていく兵士たちが「もう少しで魔族を追い詰められたのに！」と話しているのが聞こえたのだ。

それを聞いて【レーダー】を全解放して集中してみると、兵士たちが逃げていったのは山の西側。魔族の国は山の東側にあるらしい。けど山の周辺は森が深いので、向かうには山から南に続いている道を進み、森を迂回《うかい》する必要がある。

この町は森に囲まれている。町から南に向かって森を抜けると現れるその道沿いに、たくさんの青色の点が見えているのだ。そこが魔族の陣所なのだろう。

「もう人族が攻めてくることはないでしょうけど、怪我人が多いはずなので薬草を届けた方がいいと思います」

「分かったわ。急いで準備しましょう」

「はい。でも今日はもう日が暮れそうなので、明日の朝一番に向かいます」

「ワタルくんが向かうの⁉」

「はい。僕が走った方が早いと思いますので」

「…………分かった。非常事態だからお願いするしかないわね……。これが終わったらう〜んと美味しいモノをたくさん作ってあげるからね！」

「はい！　楽しみです！」

エリアナさんの手料理は本当に美味しいからね。

できればまたダークボアのお肉が食べたいんだけど、もう残っていないし…………南に向かう時またいないかな、なんて思うくらいには余裕が出てきた。

「ワタル……」

「エレナちゃん。急に飛び出して心配かけて、ごめんね」

「ううん」

「でも、もし危なくなったらすぐに逃げるから心配しないで。こう見えて、逃げ足だけは速いんだよ？」

そう言うと、エレナちゃんが少しだけ笑った。

その日の夜は誰もが疲れ果て、泥のように眠った。

○

次の日。

「ワタルくん。本当にありがとう」

「いいえ！　それより、まだ一晩しか経ってませんけど、随分と回復しましたね!?」

朝一で出発する前に挨拶に来たエヴァさんは、昨日見た包帯だらけで痛々しかった姿が、嘘のように回復している。

「うふふ。私にはちょっと特殊な力があるの。回復には通常数時間もかからないのだけど、思っていた以上に勇者のスキル、【聖なる雷】は魔族に効くみたい。治すのに倍の時間がかかってしまったわ」

あんな大怪我を一晩で治せるなんて、さすがに魔王様ともなると、すごいんだね…………。

隣にはエルラウフさんもいて、すっかり元気になっていた。

「ワタルくん。この度の援助、感謝する。今はまだ難しいが、いつか必ずこの恩は返すと誓おう」

「大袈裟ですよ～。エヴァさんが猫耳族を助けてくれていなかったら、僕もすごく大変でしたから」

「エリアナさんから事情は聞いているよ。記憶がないのよね？」

「はい。でも猫耳族のおかげで、こうして楽しい毎日を送れるようになりましたから」

エヴァさんが笑みを浮かべると、元々美しい顔がますます綺麗に見えた。

魔王様ってもっと威厳《いげん》のあるイメージだったから、どちらかというと、エヴァさんよりエルラウフさんの方が魔王様っぽい。

その時。

「ワタルくん！　大変だ！」

「えっ!?　ゲラルドさん？　どうしたんですか？」

「い、急いで来てもらいたい！　俺たちではどう対処していいか分からなくてな！」

ゲラルドさんの慌てた様子に少し胸騒ぎがした。

ゲラルドさんについて外に出ると、エレナちゃんたちも困った表情で待っていた。

「ワタル！　急いで！」

「わ、分かった！」

エレナちゃんに手を引かれて連れられたのは、町の正面の入口。

到着すると、一人の女性が両手を頭の上に乗せて佇《たたず》んでいた。敵対する気はないというポーズらしい。

その女性は――

「えええええ!?　聖女様!?」

「やっと来てくださいましたか、ワタル様。私のことはステラと呼んでくださいませ」

「え、えっと、どうしてここに…………」

「はい。私は大地の聖女として、大地の女神様からとある啓示《けいじ》をいただいております」

「大地の……聖女？」

それに、大地の女神……？　どこかで聞いたことがあるような？

あっ、そうか。加護の名前に入ってるんだ。

「女神様は啓示で、この世界のどこかにいる本当の勇者――ワタル様に仕えるように、と私に仰《おっしゃ》いました。今代の勇者様は非常にわがままで、平和よりも私利私欲を優先する、勇者にふさわしくない方でした。それでも今代の勇者様のそばにいれば、いつか女神様の啓示通りに本当の勇者であるワタル様に会えると思ったのでございます」

「えええええ!? ぼ、ぼ、僕は勇者なんですか!?」

「ふふっ。厳密にはこの世界でいう勇者とは少し違うかもしれません。ですが、ワタル様は誰よりも大きな勇気を持っています。勇者とは、勇気ある者のことです。この世界での定義はともかく、ワタル様こそ、今代の勇者様よりもずっと勇者にふさわしい方だと、私は思います」

ってことは、僕はやっぱり勇者じゃないのかな……?

眩しいほどのステラさんの笑みからは、全く邪《よこしま》な感情は感じられない。

普段から悪い人には決して懐《なつ》かないコテツでさえ、今にも跳び込みたそうな様子で可愛らしい舌を上下させながら、ステラさんを見つめている。

「私は聖女であり、この戦争を支持しない立場でありながら、戦いを止めることはできませんでした。だから少しでも早くこの戦いが終わるようにと、勇者様と魔王様の一騎打ちを提案したのも私です。魔王様には酷《こく》なことをしてしまったと思いますが、女神様が、必ずやワタル様が助けてくださると仰ったことを信じて参りました。とはいえ、猫耳族及び魔族の皆さん……皆さんが人族を嫌っているのは知っております。人族を代表して謝罪させてください」

ステラさんがその場で膝《ひざ》をつき、そのまま頭を深く下げて土下座をする。

美しい銀髪が地面につくのすら顧《かえり》みず、頭を下げ続ける。

彼女の真剣な気持ちが痛いほど伝わってくる。

ステラさんが再び口を開いた。

「ですが、非常に残念なことに、私一人の謝罪でも世界は変わりません。これからも人族と魔族の戦いは続くでしょう。ですが、魔族にとって一番の脅威である今代の勇者様は、もう戦える状態ではありません」

「それは本当ですか⁉」

「はい。勇者様の一番の力は、雷を繰り出す魔法と聖剣でございます。その二つがそろってこそ、魔族に効果が与えられます。その片方を失った勇者様はもう、勇者として戦うことは難しいでしょう」

「えええええ⁉　ス、ステラさん？　聖剣って…………本当にあれでよかったんですか？」

実はあの時、勇者が手にしていた聖剣は――――今、僕の中にいる。

なぜかというと、昨日勇者との戦いが終わった際にステラさんから耳打ちされたのが――――勇者の聖剣を僕がもらってしまおうという、思わぬ提案だったのだ。

聖剣はまだ僕のことを完全に認めた訳ではないけど、僕の中に入ってきて、繋がりを持ってくれた。

もしかしたら、先に僕の中にいた叢雲のことを気遣ってのことかもしれない。

「はい。私は戦いのない世界を望んでおります。ですが私には、人族を止めることができませんでした。ワタル様が争いを止めるきっかけを作ってくださいましたから、私にはこれ以上願ってもないことでございます」

ステラさんの話を聞いた僕は声を上げた。

「皆さん！　ステラさんは信用できる人だと思います！　戦いを終わらせるために、勇者から聖剣を取り上げることを提案してくれたのはステラさんなんです！」

皆さんから驚きの声が上がる。

「同じ人族だからではないですが、僕にもなぜか大地の女神様との繋がりがあります！　大地の聖女様であるステラさんも、きっと魔族と人族の架《か》け橋になってくれる人だと思います！　だから……ステラさんを受け入れてもらいたいです！」

すぐに受け入れられることではないと思う。

でもステラさんも頑張ってくれるはずだ。

人族と魔族の架け橋になる存在として。

よき隣人として。

よき友人として。

そしてこの日、僕は初めて人族の友人ができた。

○

「お久しぶりね。聖女さん」

「お久しぶりです。魔王様」

あ、あれ⁉

エヴァさんとステラさんが会ったんだけど……二人の間に火花が散ってるように見えるよ⁉

「え、えっと……二人は面識があるんですか⁉」

「はい。私もずっと戦いの前線におりましたから。何度か戦ったことがあります」

「ええええ⁉　ステラさんも戦うんですか⁉」

「ふふっ。私は光魔法が使えますので。魔族にだけ効く攻撃魔法なのです」

「本当に貴方には我が軍がお世話になったわね」

「戦いでしたから。でも死なない程度に加減しましたから」

「ふう〜ん。確かに聖女にやられた者はいなかったけどね。それにしてもまさかワタルくんについてくるなんてね」

「ええ、私はこれからもずっとワタル様の隣にいるつもりです」

ひいいいいい！

また火花が散ってるよ⁉

「んも〜！　二人とも！　ワタルが薬草を届けに行けないでしょう！　急がないと大変なんだか

ら！」

エレナちゃんの声で、ハッと我に返る。

そういえばそうだった。急いで薬草を届けないと……。

「それなら私も行きましょう。薬草だけより回復魔法もあった方がいいと思います。私の魔法は魔族にもよく効きますから」と、ステラさんが言った。

確かに薬草よりは回復魔法の方が早い気がする。

「それなら私も行くわ。聖女が現れたら、ワタルくんがまた誤解されかねないからね」

「それは困りますね。よろしくお願いしますわ、魔王様」

「？」

「いいわよ、うちの連中を助けてもらうんだし。それと、私をあまり魔王様と呼ばないでほしいわ」

「確かに魔王にはなったけど、私は魔王としてはまだまだだよ。だからいつか自ら魔王と名乗れるようになったら、そう呼んでちょうだい」

「分かりました。エヴァ様」

「様もいらないわよ」

「うふふ。これは口癖《くちぐせ》のようなものなので気になさらないでください」

「はぁ、分かったわ。それなら私もステラと呼ぶわよ？」

「ええ。ぜひ」

さっきまでは喧嘩してたのに、すっかり仲良く（？）なったね。

「それにしてもどうやって魔族たちのところに行ったらいいのかな……」

「それなら私に任せて」

そう話すエヴァさんが前に出てきて、平原に向かって両手を広げた。

「スキル【ナイトメア召喚】！」

エヴァさんの前に綺麗な赤色の魔法陣が現れ、黒い霧《きり》と共に大きな馬が一体姿を現した。

「私の自慢の馬、ナイトメアよ！　これなら三人で乗れるでしょう？」

「エヴァさん！　すごいです！」

「えっへん！　これでも魔王だからね～」

「んも～！　そんなことより早く助けに行ってきて～！」

あれ……？　実はエレナちゃんが一番しっかりしている……？

召喚されたナイトメアの上の一番前に僕、次にエヴァさん、その後ろにステラさんが乗る。

三人で乗っても余裕があるくらいで、乗り心地もとてもいい。

「いってきます！」

「いってらっしゃい！」

エレナちゃんたちに見送られながら、僕たちは猛スピードで森を南下していく。

「えええええ!?　コテツくんってナイトメアと同じ速度で走れるの!?」

ナイトメアと並んで走っているコテツを見たエヴァさんが、ものすごく驚いていた。

久しぶりに全力疾走できて、コテツも楽しそうだ。

○

森の南側を抜けると、広い道に出た。さらに進んでいくと、陣所の大きなテントが見えてきた。

そのままテントに向かってナイトメアを走らせるエヴァさん。

「みんな！　待たせたわね！」

テントに到着するや否や、大きな声を上げたエヴァさんを見て、魔族たちから歓喜の声が上がった。

みんなエヴァさんをとても信頼しているんだろう。

「スレイン！　現状を手短に！」

「はっ」

スレインと呼ばれた、黒い肌と翼《つばさ》を持つ魔族がエヴァさんに近づいて、現状を報告した。

「分かったわ。重傷者のところに案内して。これから――聖女ステラに治してもらうわ」

一通り聞き終えてエヴァさんがそう口にすると、その言葉に魔族たちが驚きを見せる。

そして、ナイトメアから降りてきた僕とステラさんを見て、怒りの表情に変わる。

エヴァさんが一緒じゃなかったら、すぐにでも攻撃されそうな雰囲気だ。

「今はいがみ合っている場合じゃないの！　ステラの力を借りれば全員助けられるの！　だから今すぐに道を開けて！」

怪我人を守るように大きなテントの前に立っていた魔族たちが一人、また一人と道を開けてくれる。

その間を、僕たち三人とコテツが進んでいく。

刺すような殺気に満ちた視線を送ってくる魔族もまだ多くいる。

「コテツ。ステラさんを守っててね」

「ワン」

コテツと小声で打ち合わせをした。


テントの中には重傷者が数多くいて、ステラさんはすぐに回復魔法で魔族たちを治療し始める。

しかし、いくらステラさんが聖女だといっても、その魔力は有限で、当然疲れも出てくる。

僕はステラさんについて歩きながら、必要なモノを運ぶ手伝いをした。

ただ…………そう簡単に治療は進まなかった。

「なぜ人族なんかがここに！」

「落ち着きなさい。貴方を治してくれたのはこの聖女ステラよ」

「っ⁉　エヴァ様！　貴方は人族と手を取るというのですか！　ここにいる我々が人族のせいでどんな目に遭ったのかご存じでしょう！」

「ええ。知っているわ」

「なのに、どうして人族なんかに頼るのですか！」

彼だけではない。

回復したみんなも、これから治療されるみんなも、テントの外からこちらを窺《うかが》っているみんなも同じ思いなのが伝わってくる。

「みんな、よく聞いてほしい。私が魔王になってから、魔族の威厳は失墜《しっつい》する一方だったわ。だから私は自分が魔王にふさわしいと一度も思ったことはない。でも……私が魔王だからこそ、魔族の平穏を守りたいの。私は人族を滅ぼしたいとも思わないし、できることなら、人族とだって仲良くしたい」

「あり得ません！　人族が我々に何をしたのか分かっているでしょう！」

「ええ。人族への怒りは私が一番分かっているつもりだわ」

「ならどうして！」

「それでも、みんなを助けるにはステラの力が必要なの。それに、私たちの後ろには……子どもたちがいるのよ？　もし私たちが倒れれば、次に傷つくのは子どもたちなのよ？」

エヴァさんが周りのみんなを見渡す。

「今いる子どもたちだけじゃない。これから生まれてくるであろう子どもたちも、ここにいる全ての魔族も、みんなみんな……死なせたくないわ。そのためなら私のちっぽけなプライドなんて捨てるの。ここにいる聖女ステラにだって、土下座でもなんでもするわ」

「⁉」

「だから、人族を恨《うら》むのは構わないから、私のことも恨んでちょうだい。そして今は治療を受け入れてほしい。みんなが平穏を取り戻したら、その時私は責任を取って魔王の座から降りるわ」

「⁉」

エヴァさんの強い思いが込められた言葉に、魔族たちは静まり返り、その目からは大粒の涙が流れた。

魔族だってさ、こうして泣くんだ。人族と一体何がそんなに違うの？

ただ肌の色や、姿形が違うだけ。こうして心もあるんだよ。

みんな愛する者を守りたい、平穏に生きていたいと願っている。

僕はエヴァさんの考えを立派だと思う。

「エヴァさん。もし人族でも魔族でも、エヴァさんの前に立ちはだかる者がいるのなら、僕が何度でも説得します。エヴァさんは一人じゃありません。ステラさんも猫耳族も……ここにいる多くの魔族もついてますから。だからエヴァさんは、自分が正しいと思うことをやり遂げてください。僕も必ず力になります」

「ワタルくん……」

「何ができるかは分かりません。ですが絶対に皆さんを傷つけさせません。僕が必ず守ります」

傲慢《ごうまん》……と言われても仕方ないと思う。

今の小さな身体で何ができるかは分からない。

でも、思いを貫くためには勇気を出して行動しなければならないと学んだ。

コテツが僕を守るために勇気を出して戦ってくれたこと。

猫耳族が勇気を出して僕と対話してくれたこと。

ステラさんが勇気を出して僕に聖剣を隠せと言ってくれたこと。

エヴァさんが勇気を出して魔族に人族のことを受け入れようと言ってくれたこと。

それらを学んだから、僕も自分の思いを口にするんだ。

「絶対に傷つけさせません。絶対に守ります」

僕は傷ついた多くの魔族の前で、強く誓った。

○

エヴァさんの説得のおかげで、魔族たちがステラさんの回復魔法を拒否しなくなった。

今は悔しいかもしれないけれど、生きることを優先してほしい。

ただ気になるのは、ステラさんの回復魔法にも限界はあるということだ。

回復魔法は魔力を多く必要とすると、ここに来る間にエヴァさんが言っていた。

ステラさんがいくら聖女だとしても、魔族たちを全員癒すには魔力量が足りないかもしれない。

その前兆か、ステラさんは魔法を使いながら大粒の汗を流している。

「ステラさん、一旦休みましょう」

「いいえ。このまま――」

「ステラさんが倒れてしまっては、助けられる命も助けられません」

「ですが……」

ステラさんが悔しそうな表情を見せる訳は、大怪我した魔族がまだまだいるからだ。

そこで僕は魔族に呼びかけた。

「皆さん！　僕らが持ってきた薬草がありますので、ステラさんを休ませる間、手当てを手伝ってください！」

「「は、はい！」」

動ける魔族たちに薬草を渡して、ステラさんの背中を押して、仕切られたテント内の隣の部屋に移動させる。

「ステラさん。絶対に誰も死なせませんから。今は魔力を回復させることだけに集中してくださいね」

「…………分かりました」

すぐに瞑想《めいそう》を始めるステラさん。

本当は眠るのが一番いいんだろうけど、少しでも早い回復が必要だからね。

僕も急いで魔族たちの手当てを始めた。

一人一人に薬草を塗って包帯を巻く。

その時。


―スキル【ゴッドハンド】に、【慈愛《じあい》の手】が追加されました。―


新しいスキル!?

驚いたけど、今は考えることをやめ、獲得したスキルをすぐに使ってみる。

すると、僕の両手が淡い翡翠《ひすい》色に光り輝く。

「ワタルくん!?」

「エヴァさん、新しいスキルを獲得したようなので試してみます……！」

僕はそう口にすると、怪我をしている魔族の傷口に手をかざしてみた。

自分の魔力の減りを感じるが、目の前の傷がみるみるうちに治っていく。

「っ!!　傷が深い人を優先します！　エヴァさん！」

「分かったわ！　こっちから！」

エヴァさんに案内してもらい、僕は次々に傷を治していく。

無我夢中で治療していると、隣の部屋からステラさんが戻ってきた。

「お待たせしました！　回復を再開します！」

僕とステラさんは、全力で魔族を回復して回った。


「ふう〜！　終わったああ！」

全ての怪我をしていた魔族を治して、僕とステラさんはその場に崩れるように座り込んだ。

たまたまだけど、ステラさんと背中合わせになってしまった。

僕の身体が小さすぎて、ステラさんに寄りかかってるようにしか見えないかもだけど……。

「やっぱりワタル様はすごいです」

「そんなことありません。これも全部ステラさんのおかげです。ステラさんが来てくれなかったら、みんなを助けられませんでした。ありがとうございます」

すると、僕たちの前にエヴァさんがやってきて座り込んだ。

「二人とも、本当にありがとう。魔族《みんな》を……助けてくれて本当にありがとう」

エヴァさんの目元には大粒の涙が浮かんでいて、深く頭を下げられた。

「エヴァさん、エリアナさんの手料理ってすごく美味しいんです」

「へ？」

「ふふっ。みんなでエリアナさんの手料理を食べに行きましょう！　本当に美味しいですから。魔族を助けられたらご褒美《ほうび》をもらえることになっているんです～」

「あはは～、ワタルくんって本当にすごいわね」

「美味しいモノは大事なんです！　できれば帰りにダークボアでも手に入れば嬉しいんですけど……」

「ダークボアを欲しがる子どもなんて初めて見たわよ」

「本当ですよ。ダークボアを求めるのはワタル様くらいです～」

エヴァさん、ステラさんと顔を合わせると、大きな笑い声が上がった。

みんなを助けられたんだから、悲しい表情は似合わないね。

やっぱりみんな笑顔が一番だよ！

○

「さあ、皆さん！　ここから北にある、猫耳族が住んでいるジエロ町まで向かってくださいね！」

回復を終えて、魔族の皆さんに声をかけると、手を上げて応えてくれた。

まだ全快とまではいかないし、このまま野宿してもらうにしても人手が足りないのと、何より食料が厳しいと判断して、皆さんにジエロ町まで来てもらうことに決めた。

僕とエヴァさん、ステラさん、コテツは現状を報告するために、一足先にジエロ町に向かった。

町に向かっている間、僕は全力で【レーダー】に集中する。

「ワタルくん？　さっきから何に集中しているの？」

「むむっ――――いないかな～いないかな～」

「諦めてなかったの⁉」

「諦めてないですよ！　あのお肉はすごく美味しいんですから！」

冗談半分で言ったのではない！

僕はまたあの味が食べたいんだ！

ダークボアの包み肉という名の唐揚げを！

ナイトメアの背中に乗り、流れていく景色には目もくれず【レーダー】と睨めっこする。

その時だった。

「あ～！　大きい赤い丸が⁉」

僕のレベルが上がるにつれ、スキルも進化する。

数字でそれが一目瞭然なのは、【全ステータスアップ（レベル比）】や【コスト軽減（レベル比）】である。けれど、他のスキルも目に見えなくてもちゃんと進化している。

その中でも、一番すごいなと思えるのが、この【レーダー】だ。

レベルが上がるごとに感知範囲が広がるのはもちろんのこと、なんと敵の強さとかも分かるようになってきた。

そんな【レーダー】に今までの赤い点とは違う、少し大きな赤い丸を見つけたのだ。

「エヴァさん！　向こうに行きましょう！　絶対ダークボアですよ！」

「え!?　ダークボアってそんなに頻繁にいるような魔物じゃないわよ!?」

「大丈夫です！　この大きさならダークボアくらい強い魔物だと思うんです！」

「はぁ……分かったわ。急いでいるというのに、ワタルくんったら………」

ナイトメアの進行方向が少し右にずれ、ジエロ町とは違う方角に進んでいく。

赤い丸にどんどん近づいていくのがワクワクする！

「あ～！　まもなくです～！」

森の奥、木々の間から禍々しい気配を感じた。

ナイトメアが森を抜けた瞬間、少し広い場所が現れて、その中央に、夢にまで見た大きくて真っ黒い猪が佇んでいた。

「やっぱりダークボアだ～！　急いでいるし、すぐに狩りますね！　いくよ～！　コテツ！」

「ワンワン！」

コテツも嬉しそうに吠えて応えてくれる。

ナイトメアから勢いよく飛び降り地面に着くと同時に、僕たちに気づいたダークボアがその大きな牙をこちらに向けて、今にも走り出そうとしている。

でも大丈夫！

「君が来なくても――――僕から行くんだから！」

すぐに右手に虹色に輝く短剣を召喚して、コテツと連携して走り出す。

コテツは僕よりも足が速いので、側面か後ろに回ることが多い。

今回もダークボアの標的が僕に向いている隙に、側面からコテツが先制攻撃を仕掛ける。

後ろ左足を噛まれて、体勢が崩れたダークボアが驚く。

その間に助走をしていた僕は全力疾走し、ダークボアの眉間《みけん》に短剣で一撃を与える。

勢いのままに放った短剣の一撃は思っていた以上に強力だったのか、ダークボアはあっけなく倒れた。

「あ～！　そっか！　この短剣のおかげか！」

これはユレインさんが作ってくれた魔剣だった！

そりゃ強いに決まっているね！　勇者の聖剣とも互角に戦えたし、この短剣がすごすぎるんだ。

後方からこちらに向かってくるナイトメアに右手を振る。

「エヴァさん～！　ステラさん～！　今日はダークボアの美味しいお肉が食べられますよ～！」

なんとなく二人の顔が引きつっている気がするんだけど、猪肉はあまり好きじゃないのだろうか？

「コテツ～！　重くない？」

「ワン！」

小さな身体の上に巨大なダークボアを括りつけられているのに、ナイトメアと同じ速度で走っているコテツ。

「コテツってすごいな～！」

「ワン！」

「…………」

「…………」

エヴァさんとステラさんは、僕たちのやり取りを無言で見つめていた。

それよりもダークボアの皮って硬くて、地面を引きずっても傷一つつかないみたい。

コテツの身体にダークボアを括りつけて持ち帰るのはエヴァさんの発案で、とても楽でありがたい。

またこういう状況になった時は、コテツにお願いしよう。

○

「わ、ワタルくん⁉」

「ゲラルドさん～！　ダークボアを連れてきました～！」

「あ、ああ……見れば分かるよ………どうしてダークボアを？」

「帰ってくる時にたまたま見つけたので狩ってきました！」

「か、狩って………？」

「ゲラルドさん。ワタルくんの言う通りです………」

「エヴァ様。そうでしたか……お疲れさまでした……」

「いいえ、私はただついていっただけですから……」

あれ？　二人ともどうして遠い場所を見ているの？

「ワタル～ッ！」

「エレナちゃん！」

エレナちゃんとエリアナさんがこちらに走ってくる。

走ってきたエレナちゃんが、そのまま僕に抱きついた。

「あわわ⁉」

お、女の子に抱きつかれるとどうしていいか分からないよ⁉

「ちゃんと魔族のみんなを助けてきてくれたんだね！」

「あれ？　なんで分かったの？」

「ワタルがお肉をわざわざ持ってきたから！　お祝いするんでしょう？」

「うん！」

「わ〜い！　ダークボアのお肉美味しいから嬉しい〜！」

「僕も嬉しい〜！　またダークボアの包み肉が食べたい！」

「お母さん〜！」

「エリアナさん〜！」

エレナちゃんと一緒にエリアナさんを見つめると、エリアナさんが苦笑いを浮かべながら、僕とダークボアを交互に見つめていた。

「全く。ワタルくんったら、ご飯食べなくてもいいって言ったり、美味しいモノ食べたいと言ったり……まあ、そういうところが子どもらしいのかしら。でもそういうことなら、今日は腕によりをかけて作るわよ〜！」

「「やった〜！」」

僕とエレナちゃんとコテツは、ダークボアをお肉屋さんに持っていった。

エヴァさんとステラさんは、ゲラルドさんたちに現状を報告するそうだ。


その日の夜。

魔族たちも無事ジエロ町に到着して、町では久しぶりに宴会が開かれた。

魔族たちも、無理さえしなければ普通に歩ける程度に回復しているので、参加してくれた。

普段から僕が狩っているグンラビットの肉に加えて、今日はエリアナさん特製のダークボア料理が宴会を彩った。

久しぶりのダークボアのお肉料理はものすごく美味しくて、口に入れるだけで幸せな気分になれるくらいだ。噛んでいるとお肉のジューシーな味が口中に広がっていく。

戦争で疲弊《ひへい》していた魔族たちも次第に笑顔を取り戻していった。

エヴァさんも楽しそうだったのが嬉しい。

そんな中、一人の男の魔族が果実水の入ったビンを持って――恥ずかしそうにステラさんの前に立った。

「あ、あの！」

「はい？」

賑わう雰囲気の中、視線が一斉に男の魔族の方に向く。

「さっきは、すいませんでしたああ！」

ステラさんはきょとんとして言う。

「あら？　謝られるようなことなんてありました？」

「いえ！　俺たちを一生懸命治してくれたのに、俺……すごく酷いことを言ってしまいました！本当に人族が憎くて仕方なかったんですけど、ステラさんとワタルくんの頑張る姿を見て……人族も魔族と変わらないんだと知りました。だから、俺たちを助けるために力を尽くしてくれてありがとうございます！」

見事な九十度のお辞儀をして、手に持った果実水のビンを恥ずかしそうに前に差し出す。

ステラさんはただ静かに笑顔で手に持ったコップを前に出して、彼が注いでくれる果実水を受けた。

そんな二人の姿を見て、僕の隣にいるエレナちゃんが拍手をし始める。

それに同調して、周りもみんな拍手し始めた。

やっぱり人族も魔族も関係ない。

僕たちはこうして生きている命なのだから。

第8話

数日後、ジエロ町の町長宅で、ある会議が開かれた。

「それはまことか？　ステラ殿」

「はい、町長様。私が向こうの陣営から離れた時には、既に大勢の兵士たちが勇者から離れ始めておりましたから」

「………では、これで戦争が終わったと？」

「戦争を始めた元凶である勇者が取り除かれたのは間違いありません。そもそも魔族との戦いを決行したのは、人族の総意ではないのです」

ステラさんによると、元々停戦状態だった魔族との戦争を本格化させたのはほかでもない、勇者だということだ。その理由は、彼が戦っている時に話していた通りなんだろうね。

ステラさんによると、最初は優男《やさおとこ》な感じだったんだけど、それがあまりにもわざとらしかったから違和感があったそうだ。

実は何度も求婚されていたそうで、その時のことを話す時だけステラさんの眉間にはしわが刻まれていた。

「ただ、今すぐ完全に終わる訳でもありません。戦争を全面的に支持していなくても、人族には古来魔族と戦ってきたプライドがあります。むしろ……一人一人のプライドが高いのが人族です。簡単に引き下がらないでしょう」

「えっと～、僕たちに何かできることはあるんでしょうか？」

「そうですね。それはないかもしれませんが、人族側にも協力者となる勢力はございます。人族はいくつかの国を作っていて、そのうちの一つ、ホーリーランド神聖国《しんせいこく》は私が所属している教会が営《いとな》んでいる国です。教皇様を筆頭に、魔族との全面戦争には反対しています」

「だから聖騎士たちの姿があまり見えなかったのね」

「はい。エヴァさんの言う通り、今回の全面戦争に、一人の聖騎士様以外は姿を見せてない理由はそこにあります」

「一人？」

「はい。私の護衛をしてくださっていた聖騎士様です」

そう言われてみると、ステラさんって聖女様なのだから専属護衛がつくのは当然だよね。

「本来なら常に三人の聖騎士様が護衛についてくれるのですが、三人も聖騎士様が戦場に現れると、魔族陣営に打撃を与えてしまうので、私の専属護衛としてただ一人、つけるに留めておいたのです」

ちなみに、ステラさんは戦争に参加したが、勇者や人族に魔族が殺されないよう、陰で動いていたらしい。

エヴァさんが尋ねる。

「…………で、その専属護衛がエルラウフと戦った聖騎士なんだね？」

「はい。聖騎士エレノア。聖騎士団副団長であり、最強の矛です」

「はぁ、あの時は絶望しかなかったわよ」

エヴァさんのつぶやきに、少しだけエルラウフさんが悔しそうにしている。

「あれ？　そういえば、その聖騎士さん、一度も見かけてないですね。ステラさんを護衛すべき人なのに」

「私にはワタル様と会う使命がございましたから、エレノアには神聖国に戻ってもらい、現状を報告するようにお願いしていたんです。ただ……報告が終わったら再びやってくると言っていたので、あの戦闘狂のことですから……魔族の皆さんに迷惑をかけることになってしまうかもしれません」

「ほお！　あの娘はまた来るのじゃな？」

やっぱりエルラウフさんは興味があるようだね。

「エル！　ダメよ！　これからは味方になるかもしれないんだから！」

「こほん。では、お手合わせくらいで……」

「貴方が手加減できるとは知らなかったわ……」

エヴァさんとエルラウフさんのやり取りに、その場が笑い声で包まれる。

「それで、人族と魔族の関係を修復するために、一つ提案がございます」

ステラさんはそう言うと、とある作戦を話してくれた。

それは、ステラさんと僕が、勇者が住む国を除いた人族の国の代表たちと会談を行うということだった。そうして勇者に正義がないことを説明していき、人族陣営に停戦を求めるつもりらしい。

それを聞いた猫耳族は「まだ完全に人族を信用できない」「ワタルが利用されてしまうんじゃないか」と最初は反対していたけど、僕が大丈夫だと説得して、その案に乗ることとなった。

○

数日後。

静まり返ったジエロ町の広場で、僕とステラさんは簡易椅子に座って、人族の代表者たちが来るのを待っていた。

すると、【レーダー】に複数の黄色いひし形が現れ、広場に入ってくる。点でも丸でもないってことは、さらに強い存在ってことなのかな？　すると、ステラさんが反応する。

「エレノア」

ステラさんの姿を見つけるや否や、無表情のまま近づき、勢いよく抱きつく女性。

ステラさんの美しい銀髪とは違い、肩にかかる長さの黒い髪を持つ彼女は、その無表情さも相まって、どこか無機質な美しさを感じる顔立ちだった。

二人は、僕の目の前で抱きしめ合っていたが、しばらくして、エレノアさんの視線が僕の方に向く。

髪と同じ黒い瞳が、僕をじっくりと見つめていた。

「貴方がワタル様？」

「は、はい！　ワタルです」

「そう」

相変わらず無表情のままで、言葉は非常に短い。なんだかつかみどころのない人だ。

ステラさんがエレノアさんに謝る。

「エレノア、急に指示を変えてごめんなさい」

「ううん。教皇はいいって」

「教皇様の心の広さにはいつも助けられているわ」

「うん」

………あのステラさんがフランクに喋っている！

そう驚いていると、広場にさらに数人が現れた。人族の国の代表者たちだ。

彼らに気づいたステラさんは、エレノアさんから身体を離すと、貴族風な挨拶をする。

「お久しいな。聖女ステラ殿。私はバンガルシア帝国のエンペラーナイトの一人、ジャック・ソリュエラだ」

「お久しぶりです。大地の聖女ステラでございます」

一目見ただけで分かる。この人、無茶苦茶強い。

エルラウフさんが全快したらこのくらいなんだろうなと思えるくらい、筋骨隆々《きんこつりゅうりゅう》で、正直、勇者は相手にすらならないと思う。

こんな強そうな人が、なぜか魔族と人族の全面戦争では前に出てこなかったんだね。

ジャックさんにその理由を聞いてみると、勇者だけが前線に出て、彼らは後方で待機していたという。

勇者、どれだけ目立ちたがり屋なんだ……。

彼の後ろには部下と思われる方が数人いて、みんなすごく強そうだ。

そして、ジャックさんたちとは別の男性が前に出る。

「お久しぶりです。聖女ステラ様。エデンソ王国の提督《ていとく》、マテオ・サリアルでございます」

「マテオ様。お久しぶりでございます」

この人はジャックさんとはうって変わって、すごく弱そう。

だって腕も足も全く筋肉がついてなさそうに見えるんだもの。

ただ、その瞳には、ものすごく深い何かを感じる。こういうタイプの方は初めて会うかな？


人族の国の代表者が集まったところで、ステラさんが口を開く。

「では、これから人族と魔族についての話し合いを始めます」

魔族――――という言葉に、その場にいた全員の表情に緊張が走った。

この会談の目的は人族の国の人たちにはまだ伝えていないので、魔族という言葉が出て驚いたみたい。ジエロ町は魔族陣営寄りの町だから、魔族の話が出てもおかしくないはずだけど、呼び出したのはステラさんだし、この場にいるのは人族だけだから、まさかその話になると思わなかったようだ。

「魔族は現在、魔王エヴァ様を中心にまとまっています。かの『大虐殺《だいぎゃくさつ》』のエルラウフ様ですら従っている状況です」

ステラさんからエルラウフさんの名前が出ると、驚きの声が上がる。

それにしてもエルラウフさんの二つ名ってものすごく物騒じゃない!?

「あの大虐殺の鬼神が魔王に従っているというのか……」

ジャックさんの言葉に、エレノアさんが手を挙げる。

「私、鬼神と戦った」

周囲にさらに驚く声が響く。

「勝てなかった……」

「戦神エレノアでも勝てないというのか!?」

「そうか……魔族はそれほどの勢力になっているということか」

エルラウフさんには勝てなかったようだが、エレノアさんがすごく強いのは分かる。

エレノアさんの周囲からは、静けさの中にある強さという雰囲気が漂っていた。

表情には出してないけど、エルラウフさんと戦った時のダメージがまだ残っているんじゃないだろうか。

魔族勢力の情報にその場が騒然とする中、ステラさんが口を開く。

「それと、私たちにとっての悲報がございます」

「ふむ。聞かせてもらおう」

「エレノアが重傷を負わせたはずのエルラウフ様が――――全快なさっております」

「なっ⁉」

ステラさんがさらに告げる。

「このまま再び戦いになった場合、エレノアも戦えなければ、勇者様も聖剣を失って全力が出せません。これでは魔族陣営の方に分《ぶ》があると思われます」

「だが聖女殿。どうやってそれほどまでに早く回復を？　こう言っては失礼だとは思うが、聖女殿の力をもってしてもそれは不可能であろう？」

「はい。ジャック様の仰る通りです。それを可能にしたのは――――」

ステラさんが僕を見ると、この場にいる全員が僕に注目した。

「あはは……初めまして。魔王様の代理人のワタルです」

本当はエヴァさんが来た方がよかったんだけど、戦いの直後ということもあって魔族がまだ人族を信頼できない状況だった。それに、エヴァさん本人が参加した場合、エヴァさんを守るためにたくさんの魔族がついてきてしまって話し合いにならないのでは……というステラさんの指摘により、僕が代理人を務めることになった。

ジャックさんが、首を傾げて言う。

「すまないが、私には人族に見えるのだが？」

「はい。僕は人族です。ですけど、僕は人族より魔族の味方だと思ってください。ただ、人族と争いたいとは思っていません」

「ふむ……？」

「こちらのワタル様は、戦争を本格化させた今代の勇者様の暴走を止めた英雄でございます」

「「「なっ⁉」」」

みんなびっくりした顔になる。

まぁ、こんな子どもだし、仕方ないのかな……。

「しかし、まだ十歳にもなってないように見えるが？」

「はい。僕は八歳です」

「は、八歳…………なんと…………こほん。それで話を戻すが、魔族の回復とワタルくんにどういう関係があると？」

「はい。ワタル様は――――大地の女神様から加護を受けた勇者だと啓示があったのです」

「「「ええええええ⁉」」」

「えええええ⁉」

「「「本人も驚いている⁉」」」

ステラさんが勇者がどうとか、大地の女神様がどうとか言ってたけど、今代の勇者の他にも大地の女神の加護を受けた勇者がいて――それがまさか自分だとは思わなかったものだから、僕も驚いてしまった。

「ステラさん？」

「ふふっ。驚かれるのも無理はありません。ですが、現状でいえば、ワタル様は【慈愛の手】を使われております」

「「「えええええ!?」」」

さらに皆さんが驚く。

僕が魔族の皆さんを治そうと必死になっていた時、たまたま獲得したスキル名が【慈愛の手】だ。

「あれ？　ステラさん？　僕がそのスキルを手に入れたって話しましたっけ？」

「いえ。ですが、大地の女神様から加護を受けたワタル様がその力を使えるのは、当然のことですから」

「そ、そうなんだ…………」

「皆さん。こちらのワタル様は、私たちと敵対している訳ではありません。ですが、少なくとも魔族には味方しております。【慈愛の手】がどういう力を持っているかは、皆さんが一番知っているはずです。その力で既に魔族たちを全員癒されております」

えっと……一応傷は全部塞がって、戦おうと思えば戦える状態なのかもしれないけど、精神的な疲れは残っているだろうし、すぐに戦いを再開するのは難しいと思う。

まあそれはともかくとして、とにかく僕としては、魔族と人族には戦ってほしくない。だって、それでまたお互いに怪我人が出ると思うから。

「皆さん！　僕は人族と魔族に戦ってほしくありません！　魔族も人族と同じように、心があると思うんです！　僕は短い間でしたがそれを目の当たりにしました！　だから、魔族が傷つくのは見たくない。それに、僕も人族として生まれた以上、僕が人族であるという事実も変わりません。だから、自分が愛する種族と人族には戦ってほしくありません！」

僕は精一杯思いを伝える。伝わるかは分からないけれど、この酷い戦争を止めるために。

「ですから、戦争を終わらせたいんです！　お互いにこれ以上被害を出さないために！」

僕の話を聞いた皆さんは、少し時間が欲しいということで、数十日の間を空けて、再度会合を開くことになった。

それまで形式上では、停戦状態となった。

○

「エレノア。教皇様に説明をお願いね？」

「むぅ……」

「エレノア。教皇様に、お・ね・が・い・ね？」

「ううっ。うん……」

ステラさんが怖いよ……。

エレノアさんは今から教皇様に停戦になった経緯を説明しに行くことになったようだけど、どうやらステラさんと離れたくないらしい。相変わらず無表情ながら、不満そうに答えていた。よっぽどステラさんをそばで守っていたいんだな。

エレノアさんが僕に話しかけてくる。

「ワタル様」

「はい？」

「ステラを、お願いします」

「あはは……絶対にステラさんを守りますね」

「ん。お願いします」

僕が、ステラさんを守ると言った後、ステラさんの顔が真っ赤になった。どうしたんだろう？

もし風邪なら【慈愛の手】をかけておくべきかな。

「じゃあ。必ず戻るから」

そう言い残してこの場を去っていったエレノアさんは、何度もステラさんを振り向きながら走っていった。

エレノアさんって、乗り物を使わずに自分で走るタイプなんだね。

それも土煙が上がるほどの勢いだ。

「じゃあ、僕たちも帰りましょう」

「は、はいっ！」

「ナイトメア～！」

僕がナイトメアを呼ぶと、建物の中に隠れていたナイトメアとコテツが一緒に出てくる。

早速ナイトメアの背中に、僕とステラさんは乗り込んだ。

「わ、ワタル様⁉」

「じっとしててくださいね、ステラさん。少し熱があるみたいですから」

【慈愛の手】を発動させ、僕よりも背が高いステラさんのおでこに右手を当てる。

「そ、そういうのじゃないんですけどぉ……」

「ステラさん！　いくら聖女様といっても、病気には気をつけないといけないですよ？　じっとしていてくださいね」

「はいぃ……」

ん………？　風邪や高熱によく効くはずの【慈愛の手】だけど、なぜかステラさんの高熱には、あまり効かなかった。

○

「おかえり～！　ワタル！」

「ただいま！　エレナちゃん！」

僕たちがやってきたのは、ジエロ町ではなく、停戦に伴って猫耳族の新たな住居となった魔族領のシェーン街だ。場所はジエロ町から森を抜けた南東側にある。

戦争が完全に終わった訳ではないのもあって、猫耳族たちには魔族領の玄関口であるシェーン街に引っ越してもらったのだ。

少しでも猫耳族が安全に暮らせるなら、僕も安心できるからね。

街の入口に着くと、エレナちゃんが迎えてくれた。

その後ろにたくさんの子どもたちの姿も見える。

「みんな～！　ただいま～！」

「「おかえり～！　ワタルくん～！」」

みんなも手を振ってくれる。

この子たちは、元々この街に住んでいた魔族の子どもたちで、エヴァさんから紹介されて、僕や猫耳族の皆さんとすっかり仲良くなっている。

戦争に参加していた魔族たちの子どももいる。

僕と猫耳族の人たちは引っ越してきたばかりなので、色んな家に招かれてご飯をご馳走になっている。

すると、子どもの一人が尋ねた。

「あれ？　ステラお姉ちゃん？　どうしたの？」

「は、はへ？　ひへ。なんでもないでしゅ……」

ナイトメアから降りたステラさんは、なぜかフラフラとしていた。

「そうだった！　ステラさん熱が出てて、休ませてあげないと！　みんな！　手伝って！」

「「「は～い！」」」

みんなでステラさんを支えて、横たわる形で持ち上げて、急いで療養所を目指す。

道を通り抜けながら「道を開けて～！」ってみんなで大声で言ってステラさんを運んだ。


「まさか、聖女様が運ばれてくるとはな」

そう言ったのは、シェーン街の療養所の所長、ハーミットさんだ。

ドワーフ族という亜人族で、小さいお爺ちゃんにしか見えないのだが、鉱石や酒が大好きなドワーフ族の中でもものすごく変わった人らしく、不思議な爺さんと評判のようだ。

「ハーミットさん。ステラさんの熱が下がらなくて……。ゆっくり休ませてあげてください」

「分かった。熱に効く薬も出しておこう」

「ありがとうございます！　あまりうるさくするとステラさんが休めないので、僕たちは外に行きますね」

「そうじゃな。見た感じ、それほど重い状態でもないじゃろう。ワタルくんも帰って休むといい」

「は～い！　ステラさん、ゆっくり休んでくださいね」

「分かりましゅた……」

心配だけど、ステラさんを残して新しい家に帰ることにした。

僕は今、シェーン街の東部分に大きな敷地を有していて、家だけじゃなくてその周りの敷地もかなり広い。

なぜ敷地を持ってるかというと、エヴァさんから、停戦の一番の立役者として報酬金を贈られて全て拒んだけど、屋敷だけでもと、ほぼ半強制的に押しつけられたのだ。

そこから南側には、たくさんの家が並んでいて、大勢の猫耳族がこの区画に引っ越してきている。

ちなみに、その一角にエレナちゃんの家もある。


「みんな～！」

僕の声を聞いて、庭の泉からスライムたちが飛び出してきた。

シェーン街の僕の新しい家。

ここには広い庭があって、小さな泉が湧《わ》き出ている。

泉の水は地下水のようで、なんと天然の泉だ。

綺麗な泉は現在、スライムたちの住処《すみか》となっている。

それはそうと…………目の前では、スライム三十匹がぴょんぴょん跳びはねている。

この通り、日々スライムが増えていくのだ。

こんなに増えちゃって、どこまでテイムできるのか心配なんだけど、今のところはまだなんとかなっている。

「ワタル～！　おはよう！」

入口からエレナちゃんが顔を覗かせた。

「エレナちゃん。おはよう」

シェーン街に着いてから家がもらえたので、ゲラルドさんたちとは別々に暮らすことになった。

エリアナさんとエレナちゃんはすごく残念がっていたけど、僕にはこれからお客さんが増えるだろうからと、ゲラルドさんが気を利かせてくれた。

ずっとゲラルドさんの家でお世話になるのも気が引けるので、僕としてはこっちの方が気が楽なんだよね。

「あれ？　スライムたち、また増えたの？」

庭を覗いたエレナちゃんが驚くけど、敷地内には入ってこない。

ゲラルドさんから他人の家に勝手に入っちゃダメだと教わってるからのようだ。

僕としては気にしなくていいんだけどね。エレナちゃんたちは家族のようなモノだし。

「今日は六匹増えたみたい。エレナちゃん、入ってもいいよ？」

「わ～い！」

飛び出すように玄関口を越えて、まっすぐ走ってくる。

エレナちゃんが新たなスライムたちに挨拶してなでなでしてあげると、スライムたちも嬉しそうに揺れた。

「ワタル！　お母さんが夕飯食べにおいでって言ってた！」

「本当？　ご飯どうしようかなと悩んでいたから助かるよ～」

「エヴァお姉ちゃんも来るって～」

今日の会談の結果も報告しておきたいから、丁度よかったかも。

スライムたちに餌をあげて、エレナちゃんのお家に向かう。


「ただいま～！」

「おかえりなさい～！　ワタルくんもいらっしゃい」

「お邪魔します、エリアナさん」

以前は「ただいま」だったのが、今は「お邪魔します」になっている。

ちょっとだけ寂しいけど、住むところは違っても僕たちの絆が消えることはないから大丈夫。

そして、一人暮らしを始めたのには、もう一つ大事な目的がある。

それは――――

「お邪魔します」

後ろからエヴァさんの声が聞こえて、エヴァさんとエルラウフさんが入ってきた。

「エヴァさん、エルラウフさん」

「ワタルくん。おかえりなさい。ステラはダウンしているってね？」

「そうなんですよ！　熱を出してしまって……【慈愛の手】も効かなくて、停戦で緊張がほぐれたのかもしれません」

「そうかもね～」

エヴァさんたちもリビングに来て、テーブルについた。

エリアナさんの手料理はすごく美味しいから遊びに来る人も増えるだろうと、リビングは広めで、テーブルも大きくして大勢が訪れてもみんなで食事を楽しめるようになっている。

早速エヴァさんに現状を報告すると、「予定通りにいってよかったわ。次の会合には私も出るわね」と安堵したように言ってくれた。

「そういえば、ワタルくん」

「はい」

「旅には明日から出るんだよね？」

そう。

エヴァさんが言う通り、僕が一人暮らしを始める一番の理由はこれだ。

「はい。明日から早速出かけようと思います」

「そうか…………しばらく会えないのは残念だね」

「え？　会えますよ？」

「へ？」

「旅に出るとは言いましたけど、街から離れるとは言っていないので」

「そ、それはそうだけど……」

「僕のスキルに、家に帰ってこれるものがあるんです。それを使えば、自由に帰ってこれますから」

「「「えええええ」」」

珍しくエルラウフさんまで驚いている。

「まさか……ワタルくんって転移魔法まで使えたのね……」

「ん～転移とは少し違うんですけど、家に戻れるスキルですね～」

みんなが驚く中、エレナちゃんは「ワタルが旅に出たらもう会えなくなると思ってた」と、大きな声でわんわん泣き始めた。

僕の説明不足でみんなに心配をかけてしまっていたのかも。

僕が一人暮らしを始める一番の目的、それはこの世界を冒険することだ。

だって！

せっかくの異世界。

行ったことない場所とか、ワクワクする冒険が待っているに違いないんだから。

コテツと一緒に旅に出ようと決心したんだ。

いつか人族と魔族の架け橋になれるように、色んな文化に触れて、色んな人たちと会いたいからね。

○

次の日。

朝早めに起きて、リビングにある冷蔵庫のような魔道具《まどうぐ》の扉を開く。

電気はないけど、魔石《ませき》と呼ばれる石を使う家電製品のようなものが普及しているようで、こういう冷蔵庫に似たものが僕の家にも置いてある。

最初に見た時は、前世の家電製品にあまりにも似ていてびっくりした。

以前猫耳族が住んでいたジエロ町はものすごく田舎だったから、こういう魔道具が置いてなかったそうだ。

冷蔵庫を開けて中から新鮮な野菜をいくつか取り出して、食べやすい大きさにカットする。

最近は魔力にも余裕があるので、料理する時に使う包丁も【武器防具生成】で魔力1を消費して出している。

切り終えた野菜は、事前に準備しておいた食パンの上に載せていく。

さらに冷蔵庫の中から卵を取り出して、目玉焼きを作り載せる。

目玉焼きを作る時に使うコンロのようなものも魔道具だ。

それを繰り返してもう一つ同じものを作る。

完成したサンドイッチの一つを、床に置いてある皿に載せる。

からんからん～という音が聞こえて、キッチンから外に出る扉についている小さなドアが開き、コテツが中に入ってくる。

「おはよう。コテツ」

「わ～ん！」

コテツは一度僕の足元に来て、僕の足にすりすりしてから、自分の皿の前に立った。

「朝食食べようか～。いただきます～！」

「わん！」

僕がサンドイッチにかぶりつくと同時に、コテツも目の前のサンドイッチを食べ始める。

この世界の食材ってどれも美味しくて、調味料を使わなくてもものすごく美味しいご飯ができる。

しかもそれは、コテツが食べても大丈夫なようだ。

朝食を食べ終え、皿を洗っていると、コテツがホウキを器用に使い掃除をしてくれる。

家事を終えて外に出て、街の中心にあるお城を目指す。

大きなお城の正面入口に着くと、門番さんが僕に頭を下げてくれる。

案内された貴賓室《きひんしつ》で待っていると、エヴァさんがやってきた。

「ワタルくん。お待たせ」

「いえいえ！　朝早くからありがとうございます」

「ううん。今日は来てくれてありがとう。これを渡したかったの」

今日からシェーン街を中心に色んな場所を冒険する予定で、エヴァさんからその前に渡したいモノがあると呼ばれたのだ。

エヴァさんが僕の前に片手くらいの箱を出してくれたので、早速開いた。

中には小さくて綺麗な角のネックレスが入っていた。

「エヴァさん。これは？」

「ふふっ。我々魔族に伝わる友人の証《あかし》なんだ」

「友人の証？」

「ええ。魔族の中には人族をよく思わない連中も大勢いるの。だから魔族の領内を人族が自由に動くことは危険なの。でもこれがあれば、現魔王である私が認めた人族として自由に動くことができるわ。だから魔族の領内では常にこれを首にかけてね。コテツくんの分も用意したよ」

「わあ！　ありがとうございます！　他の魔族さんたちとも争いたくないので、すごく助かります！」

「ふふっ。もし目的地がないのであれば、ここからまっすぐ東に続いている街道を進んだところにある魔族領の首都、魔都《まと》エラングシアを目指してみるといいかもよ」

「魔都！　行ってみたいです！」

「うふふ。私はしばらくこの街に滞在するから、向こうの城に着いたらスレインを訪ねるといいわ」

スレインさんといえば、以前会った傷ついた魔族たちを束《たば》ねていた人だね。

「分かりました！　ありがとう。エヴァさん！」

「ううん。困ったことがあればいつでも言ってちょうだい！　冒険、楽しんできてね」

「はい！　いってきます！」

エヴァさんに手を振って城を後にした僕は、そのまま街の東門に向かった。

東門ではエレナちゃんたちが待っていてくれた。

「ワタル！　いってらっしゃい！」

「いってきます！」

エレナちゃんたちに見守られる中、僕はシェーン街を出て、初めての冒険に出かけた。

○

街と街を結ぶ道。

意外にも魔族領の街道は非常に綺麗に保たれていて、赤いレンガ造りのような道がずっと続いている。

この石は非常に硬いらしく、大きな身体を持つ魔族が踏んでも傷つかないみたい。

街道の両脇には様々な花が咲いていて、周囲を見渡すとたくさんの自然が広がっている。

穏やかな風が吹く中、僕はコテツと一緒に街道を歩いて東を目指した。

特に何か起きる訳でもなく、数時間ほど自然を堪能しながら歩くと、丘の上に少し大きな樹木が見えたので、休憩がてらその下にやってきた。

コテツが背負っている鞄《かばん》の中から、水と干し肉を取り出して渡す。

自分の分も取り出して、景色を見ながら干し肉を噛みしめた。

エリアナさん特製の干し肉はとても美味しく、干し肉とは思えないくらい噛んだ時に肉汁が出てくる不思議な感じだ。

こういう時は小さい身体のおかげで少量の食事で済むからいいね。

と、その時。

僕とコテツが干し肉を味わっていると、その姿を、ある魔物がじーっと見つめているのに気づいた。

なんだか不思議な気配がする魔物だね？

普通の魔物は基本的に常に敵を攻撃するような目をしている。それは一目見るだけで普通の動物とは違うと分かる。

だが、僕たちを見つめている狐《きつね》に似た大きな魔物は少し幼い感じがして、とても澄んだ瞳でこちらを見つめている。のだけど……。

「すごい涎《よだれ》が垂れてるよ？」

僕の言葉に、魔物はハッと驚くが、逃げはせずじーっと僕を見つめ続ける。

『お前！』

「へ？」

『僕の声が聞こえるか!?』

「うん、聞こえるよ。僕はワタル。君は？」

『ふ、ふん！　僕は偉大なる神獣《しんじゅう》、白狐《びゃっこ》族のアルトだ！　人族なんかに名乗るのは初めてだから光栄に思え！』

「そうなんだ。分かった。ありがとう」

『むっ……さては、ワタルとやら』

「うん？」

『その食べているのはなんだ？』

「あ〜これ？　エリアナさん特製の干し肉だよ」

『エリアナさん特製干し肉？　随分とけったいな名前だな』

「エリアナさんはお料理がとても上手で、どれもすごく美味しいんだ」

アルトくんと向き合った僕とコテツは、干し肉をむしゃむしゃ食べ続ける。

『きい！　人族のワタル！　お前にその美味しそうな干し肉を僕に献上《けんじょう》するチャンスをやろう！』

「食べたいの？」

『いや、食べたいのではない！』

そういう割には涎がすごい。

『むしろ人族に白狐族へ献上品を納めるチャンスをやると言っているのだ』

「むしゃむしゃ」

『僕の話を聞けー！』

「うん。聞いてるよ？」

『きい！　仕方ない………愚《おろ》かな人族には白狐族の強さを教えてやろう！』

そう言うなり、全身に雷を纏って突撃してくるアルトくん。

アルトくんが僕に体当たりする直前、僕は叢雲を召喚して刀のない部分でアルトくんを叩いて吹き飛ばす。
『きい!?』
「いきなり攻撃なんて酷いよ！」
『人族のくせに！』
また突撃してくる。
吹き飛ばす。
諦めずまた突撃してくる。
また吹き飛ばす。
それを四回繰り返した。
「ねえ、アルトくん。もうやめようよ」
『はぁはぁ……人族のくせに……………はぁはぁ…………………あぁ……お腹空いた』
そう言い残した彼は、その場で倒れ込んだ。

○

『むしゃむしゃむしゃむしゃ』
僕の目の前で干し肉を美味しそうに頬張るアルトくん。

白狐族のように高い知能を持った魔物は、神獣と呼ばれるそうだ。

どうやらものすごくお腹が空いて、たまたま漂ってきた美味しそうな匂いに釣られて、僕のところにやってきたらしい。

「アルトくん、美味しいでしょう？」

『うん！　最高だな！　ワタル！　エリアナさんという方はとんでもない逸材《いつざい》であるな！』

アルトくんはすっかり干し肉の虜《とりこ》になってしまって、エリアナさんをべた褒めする。

「それにしても、どうしてアルトくんはこんなところに？」

『うむ。母上様と一緒に朝からピクニックに来たのだが、大勢の魔物に囲まれてしまってな。母上様が戦っている間に、僕は逃げてきたのだよ』

「ほえー……って！　お母さん危ないじゃん！」

『問題ないよ。母上様はものすごく強いんだぞ！　負けるはずがないんだ！』

「…………」

疑う訳ではないけど、【レーダー】を全解放して急いで周囲の様子を探る。

レベルが上がって【レーダー】の性能が高くなって、レベル1だった頃に比べると感知できる範囲が数倍広がったのはいいけど、普段の表示範囲はレベル1だった頃と変わらないため、その表示範囲を上下左右に動かしたり、広げないと遠くは確認できないのだ。

すると北側に無数の赤い点と黄色いひし形が一つ見える。

「アルトくん！　お母さんを助けに行くよ！」

『むっ⁉　母上様の強さを疑うのか？』

「それがね、あまりにも敵が多いんだ。何か変だと思う」

『むっ？　ワタルには母上様が見えるのか？』

「見えるというか、感じられるんだ。敵が増えていってる気がする。急がないとまずいかも」

『なんだと⁉　こうしちゃいられない！　母上様を助けに行かねば！』

「うん！　急ごう！」

すぐに荷物をまとめて、コテツとアルトくんと共に、北に向かって走った。


『し、しつこいわね！』

彼方《かなた》から女性の声が聞こえてくる。

『母上様じゃ！』

「分かった！　コテツはそのままアルトくんと一緒にお母さんを助けに行って！」

「ワン！」

『かたじけない！』

丘を抜けて視界が開けると、目の前で大きな白い狐が、大勢の黒い犬のような魔物と戦っていた。

『母上様！』

『なっ⁉　アルト⁉　なんで戻ってきたの！』

『今から手助けいたします！』

『だ、だめよ！　今すぐ逃げなさい！』

やっぱりアルトくんのお母さんはアルトくんを逃がしたんだね。

「事情は後から説明します！　僕はワタル。こちらはコテツ！　お手伝いします！」

『なっ⁉　人族⁉』

「ワンワン！」

『⁉　貴方様は……感謝申し上げます！』

どうやらコテツが何かを伝えてくれたみたい。それにしても、なんかコテツっていつも敬語で話されているなあ。

アルトくんのお母さんにコテツたちが合流する中、僕は進路を変えて敵の後方に向かって全速力で走った。

『母上様！　こいつら何度でも起き上がります！』

『そうなの。どうやらゾンビ化しているようでね……炭にしてもまた蘇ってくるの。コテツ殿も気をつけてくださいまし！』

「ワン！」

コテツが前足蹴りを繰り出すと、すごい音が響いて、正面にいた黒い犬たちの大半が吹き飛ばされていく。

あれってどういう仕組みなのだろう……。

後方にたどり着くと、黒い犬たちと似ているが圧倒的に大きな犬が一体佇んでいた。

犬というか、前世でいうハイエナみたいな姿だ。

ただその様子からは理性が全く感じられず、真っ赤に燃える瞳だけが光っている。

「叢雲！」

召喚すると同時に、僕の魔力に反応した刀身が輝き出す。

なんとなく、叢雲に僕の魔力が込められていくのが分かる。

これも意思を持つという魔剣だから、僕を手助けしてくれているのだろう。

僕は魔力が込められた叢雲を、目の前のハイエナに向かって振り下ろした。

轟音と共に前方に斬撃《ざんげき》が飛び、ハイエナを両断する。

叢雲の一撃で、ハイエナの身体は二つに分かれて倒れた。

手ごたえが普通の魔物とは違う感じがする。

「ワンワン！」

「コテツ！」

いつの間にか小さな黒い犬たちを全部片づけたようで、コテツとアルトくんとアルトくんのお母さんが近づいてきた。

「初めまして」

『初めまして。この度は助けてくれてありがとう。私は白狐族のグレース。実はかなり苦戦していて危ないところだったの』

「いえいえ！　助けることができて本当によかっ――――」

『危ないっ！』

次の瞬間、僕の後方に飛び出したグレースさんに、黒い魔力の波動が直撃する。

爆音と共にグレースさんが僕の横を通り過ぎて大きく吹き飛んだ。

「っ!?　コテツ！　少しの間、戦ってて！」

「ワンワン！」

確かに斬ったはずなのに、いつの間にか全身が元通りになった巨大ハイエナの口から、黒い霧のようなモノが立ち昇る。

僕は、コテツが時間を稼いでいる間に、吹き飛ばされたグレースさんのところに駆け寄った。

『母上様！』

『アルト……』

『母上様ぁぁ！』

痛々しいグレースさんの姿を見たアルトくんは、今にも泣き出しそうだ。

僕は急いで【慈愛の手】を発動してグレースさんの傷を治し始める。

「グレースさん！　絶対助けますから！」

『その力は……大地の女神様の力……一体君は……』

危ない怪我だったけど、どうやら【慈愛の手】の効きが非常によいみたいで、グレースさんの傷がみるみるうちに治っていく。

「ごめんなさい。僕が油断してしまって」

『いいのよ。あれはそういう魔物なの。どうやっても消滅させられないのよ』

「みたいですね」

チラッと見るとコテツが優勢なのだが、巨大ハイエナは何度でも蘇る。

これでは埒《らち》が明かない。

グレースさんの治療を終えて、コテツに合流すると、勇者と戦ってから僕の中にいた聖剣が震え始めた。

「えっ？　――――分かった！　エクスカリバー！」

僕の右手に大きな聖剣が出現する。

ただしこの剣、ものすごく重い。

とてもじゃないけど、叢雲のように素早く振るのは難しい。

「コテツ！　聖剣で斬ったら勝てるかも！　手伝って！」

「ワンワン！」

コテツと連携して相手を攻め――――ようとしたけど、聖剣が重すぎてなかなか思うように動けない。

「っ！　お、重い……」

どうしてだろう。

僕の剣になってくれた時は、ここまで重いと感じなかったのに。

まるで聖剣が僕を拒絶しているかのようだ。

「ワンワンワン！」

コテツの鳴き声が聞こえた直後、巨大ハイエナが僕に向かってくるのが見えたが、全身が重くて動けず、体当たりを避けられずに僕の身体は力なく吹き飛ばされてしまった。

「い、痛……くはないけど」

VIT《生命力》が大幅に上昇したおかげで、巨大ハイエナに体当たりされてもそこまで痛いとは感じないし、ダメージも全然受けていない。

「コテツ！　僕は大丈夫！　全然痛くないよ！」

心配そうに見つめるコテツにそう伝えると、安堵した表情を見せる。

そしてすぐに巨大ハイエナを蹴り飛ばすコテツ。

「ふぅ……身体が重くて驚いたよ」

もう一度聖剣を使ってみよう、と思ったその時。

「わふん」

落ちている聖剣に前足を乗せるコテツ。

すると次の瞬間、聖剣とコテツから眩《まばゆ》い光が溢れ出した。

「コテツ⁉」

「わおぉぉぉぉぉぉぉん!」

おたけびを上げるコテツ。

そして、光が消えるとそこには――元々の美しい毛並みはそのままに、真っ白に変わったコテツがおり、その口には、コテツがくわえられるくらいのサイズになった聖剣があった。

「がお〜ん!」

聖剣をくわえたまま、吠えるコテツ。

目の前に再び巨大ハイエナが立ち塞がるが、コテツが攻撃体勢に入る。

そして次の瞬間、目にも止まらぬ速さでコテツが斬撃を放つと、巨大ハイエナはあっけなく倒れ込んだ。

倒れた身体から黒い靄《もや》のようなモノがふんわりと漂い、空中に広がる。

両断された巨大ハイエナは、さっきまで黒かった身体がいつの間にか灰色に変わっている。

『ワタルくん』

「グレースさん。身体は大丈夫ですか?」

『ええ。大丈夫よ。それにしても、あの魔物を倒せるなんてすごいわね』

「僕というよりコテツが強いんです」

「わん！」

なんとなく「そんなことないわん」って言っているように聞こえる。「わん」は言ってないかもしれないけど。

『うふふ。二人は本当に仲がいいのね～』

「それにしてもこの魔物は一体なんでしょうかね」

『ふむ………』

グレースさんの顔が少し曇る。どうやら思い当たる節《ふし》はあるようだけど、あまり話したくない様子だ。

『ワタルくん』

「はい？」

『………助けてもらった上に、こんなことを言うのは図々しいかもしれないけれど、コテツ殿とワタルくんの力を見込んで、お願いがあるの』

本当に困っているような表情だ。

なんとなく、そのお願いの内容が分かる気がする。

僕とコテツの力。

さっきの魔物は、グレースさんの力では本当の意味で倒すことはできなかった。

でもコテツが聖剣で攻撃を与えれば、倒せることが分かった。

『実は私たちの里が、さっきの黒い魔物に襲われてしまってね。ワタルくんたちの力なら……』

『母上様⁉　里が襲われているってどういうことですか⁉』

途中、驚いたアルトくんが会話を遮《さえぎ》った。

『アルト……』

『母上様！　僕たちはピクニックでここに来たのではないんですか⁉』

『………ごめんね、アルト。実はここには逃げてきたのよ』

『そ、そんな……じゃあ、父上様は⁉　姉上様は⁉』

『……………みんな私たちを助けるため、里に残っているわ』

『そんな！』

ショックを受けてか、全身の毛がしゅんとなるアルトくん。

するとアルトくんは、グレースさんの前から走り出してしまった。

『アルト⁉』

「グレースさん！　僕に任せてください」

『ワタルくん……』

「大丈夫。アルトくんは勇敢《ゆうかん》な白狐族ですから」

『……ありがとう』

僕は急いでアルトくんの後を追った。


「アルトくん」

『ワタル……』

相当落ち込んだみたいで、かっこよかった毛並みがしょぼんとしてしまっている。

「お父さんとお姉さんがいるんだね」

『うん……自慢の父上様と姉上様だよ……強くて気高くて、いつもかっこいいんだ』

「ふふっ。グレースさんもすごかったもんね。さっきの魔物と半日も戦っていたんだからね」

『うん……母上様も本当に優しくて……』

アルトくんの目から大粒の涙が流れる。

きっと悔しかったんだと思う。

だって、自分を守るためにみんなが危険を顧みずに戦っていることに気づけなかったからね。

「白狐族ってすごく勇敢で――優しいと思う」

『優しい？』

「自分の命をかけて誰かを守るなんてさ、そう簡単にできることじゃないと思うんだ。きっとアルトくんを愛しているからだと思う」

『僕が弱くて戦力にならないからじゃなくて？』

「ふふっ。愛しているから無事でいてほしいと思ったんだよ」

『!?』

「ねえ、アルトくん。お父さんもお姉さんもすごく強いんだよね？」

『うむ！　父上様も姉上様も誇り高き白狐族の戦士だからな！』

「今なら間に合うと思う。グレースさんも助けられたんだから、アルトくんの勇気次第だよ？」

『!?　────────ワタル！』

「うん」

『僕は……まだまだみんなに守られるくらい弱いけど、父上様と姉上様を助けたい！　いや、白狐族のみんなを守りたい！』

アルトくんの全身から青いオーラのような光が立ち昇る。

「うん！　僕も手伝うよ！　みんなを助けに行こう！」

『かたじけない！　ワタル！』

「そんな水臭いことは言わないで。だって僕たち────────もう友達なんだからね」

『っ!?　こ、こほん！　人族が気高い白狐族と友達になれるなんて滅多にないことなんだから、ありがたいと思え！』

あはは！　アルトくんってば、すっかり調子が戻ったみたい。

それに青い光を纏ってから、アルトくんの身体がひと回り、いや二倍くらい大きくなった。

「よろしくね。アルトくん」

『ああ！　ワタル！』

そして僕は、白狐族のアルトくんと友達になった。

○

僕とコテツはアルトくんの背中に乗り、白狐族の住む里に向かって全力疾走中だ。

本当はグレースさんも一緒に来ようとしたけど、残念ながら体力が残っておらず、僕たちだけで向かうことになった。

アルトくんを逃がすため、あの黒い犬たちと半日くらい戦い続けていたからね。

今は安全な場所で休んでもらっている。

グレースさんから『こんなに立派になって…………家族を頼んだよ』と言われたアルトくんは、決意を固めたようだった。

「アルトくん！　疲れてない？」

『なんのこれしきっ！　僕は気高い白狐族の戦士だから！』

そう言うアルトくんは、既に数時間走り続けていた。

できることならシェーン街に応援を呼びに行きたいけど、それより少しでも早く里に着いた方がいいだろう。

その時、前方に見えている森の奥で、大きな爆発が起こった。

『あ、あれは！』

「爆発!?」

『あれは父上様の魔法だ！』

「まだ間に合う！　アルトくん！　急ごう！」

『任せてくれ！』

森を全速力で走り抜ける。

森の奥から感じる禍々しい気配が、あの巨大ハイエナのものに似てる気がする。

ここまでの道のりもあって、アルトくんに明らかな疲れの色が見え始めている。

もはや意地で走っている感じだ。そんな彼を応援することしかできないが、到着したら僕たちが必ず助ける！

森を抜けた瞬間、丘の上に作られた巣のような場所に、大勢の黒い犬たちが登ろうとしている光景が目に入った。大きな白い狐たちが雷の魔法を放って、黒い犬たちの侵攻に抵抗していた。

ただ遠目からでも分かるほど、白狐たちの表情には疲れが見えている。

恐らく丸一日は戦っているのだろう。

『わ、ワタル！　しっかりつかまってて！』

「分かった！」

コテツと一緒にアルトくんにしがみつく。

アルトくんは地面から丘の方に飛び移ると、そこから延びる狭い道を器用に走っていき、巣に向かって跳び上がった。

『!?』

着地したアルトくんと僕たちを見た白狐たちが、すごく驚く。

「初めまして！　僕はワタルといいます！　これから白狐族を援護します！」

『はぁはぁ……父上様………』

疲れ果てて倒れかけたアルトくんが、最後の力を振り絞って声を上げる。

『お前は、アルト!?』

白狐たちの中で一番大きな身体の白狐が前に出てきた。

『……皆さん……ワタルは僕の友達です！』

『どうして戻ってきたのだ!?　グレースは!?』

『父上様……話は後………ワタルをお願い……しま………』

アルトくんはそのまま気を失った。

「アルトくんのお父さんですね！　グレースさんは安全な場所で休んでもらってます！　大丈夫！

僕とコテツが援護しますから！」

『人族と……貴方様は……』

「ワン！」

『そうでしたか。ですが、我々ではあの黒い犬たちを本当の意味で消滅させることはできないようです』

「大丈夫。それならコテツに任せてください」

『コテツ殿に？』

「コテツ！　僕は回復に回るから、コテツは少し戦っていてね」

「ワン！」

「エクスカリバー！」

コテツに向かってスキルを使うと、コテツが眩い光に包まれ、その口元に聖剣が現れた。

この状態をコテツの『勇者モード』と呼ぶことにする。

「コテツ！　頼んだ！」

「ワンワン！」

すぐに黒い犬の方に向かうコテツを見送ってから、僕は後方で傷ついている白狐たちを【慈愛の手】で治して回ることにした。

『う、うぅ………ここは……？　えっ？　人族……？』

「動かないでください！　傷を治していますから」

『!?　その力は!?』

「僕はアルトくんの友達のワタルです。大丈夫。あの黒い犬たちは僕たちに任せてください」

『!?　アルトの……そうか。あの話は本当だったのね………』

その白狐さんは優しい目で僕を見つめた。あの話ってなんだろう……？

アルトくんのお父さんたちはコテツを援護し始め、コテツが攻撃した黒い犬たちが復活しない様子を見て歓声を上げた。


白狐さんたちの回復が終わって、アルトくんのお父さんのもとに向かう。

「お待たせしました」

『ワタル殿。白狐族を代表して感謝申し上げる』

「まだ戦いは終わってませんから！　でも、勝ったらその時は、聞いてほしいことがあります！」

『ああ。必ず聞くと約束しよう』

ちなみにコテツは丘の下の方で、聖剣で黒い犬たちを倒していた。

後方からは白狐たちの雷魔法による援護が続いている。

巣の上からコテツが一生懸命に戦っているのが見えるけど、そういえばコテツって疲れているところを見たことがないね？

「コテツ～！　疲れたら休んでいいからね？」

「ワンワン！」

コテツの鳴き声が聞こえてくる。

「問題ないわん」と言っている気がするけど、となると最初の「ワン」で「問題ない」と言っているのだろうか……？

とまぁ、そんなことを思っていると、遥か先から禍々しい気配を感じた。

「あそこにボスがいるみたいですね」

『ぬっ⁉　あんなところに隠れておったのか……』

遠目ながら、巨大ハイエナが三体見えている。

ということは、元々四体おり、グレースさんを一体が追って、三体が残っていたのか。

「さて、コテツじゃないと本当の意味で倒せないようですが、どうしたらいいのでしょうか………」

『それは困ったものじゃな』

その時。


―**【大地の女神の加護】**により、スキル**【神獣共鳴《きょうめい》】**を獲得しました。―

あれ？　また新しいスキル⁉

『うむ？　ワタル殿？　どうしたのじゃ？』

「えっと、新しい力を手に入れたようなのですが、どう使っていいのか分からなくて」

『ほぉ……わしが知っている力なら教えて差しあげよう。どういった力なのじゃ？』

「はい。【神獣共鳴】というスキルです」

『それはまことか⁉』

「は、はい。ただ使い方が全然分からなくて……」

『くはははは！　カミラの言っていたことは本当だったということか！』

「カミラさん？」

『ああ。わしの娘で、それはもうべっぴんじゃよ』

あはは………戦いの最中なのに娘さんの自慢をするアルトくんのお父さんに苦笑する。

『それならば、そのスキルをわしに使ってみてはくれないだろうか？』

「えっ⁉　アルトくんのお父さんに⁉」

『そういえば、まだ名乗っていなかったな。わしはリアム』

「リアムさんですね。コテツばかりに大変な思いをさせたくはないですし、僕に使える力があるならやらせてください」

『うむ。これは心躍るのぉ！』

なぜかリアムさんの機嫌がすこぶるよくなった。

僕は【神獣共鳴】をリアムさんに向かって使用した。

すると、僕の両手から放たれた緑色の淡い光がリアムさんを包み込んだ。

光はやがて黄色に変わり、僕の方に戻ってきた。

その瞬間、僕の中に今まで感じたことがない力を感じた。

「おお!?」

『がーははははっ！　これぞ【神獣共鳴】！　ワタル殿！　感謝するぞ！』

「いえいえ！　僕もすごく力が湧いてきます！」

『さあ、わしの背中に乗るといい。コテツ殿に続こうではないか！』

「はいっ！」

急いでリアムさんの背中に乗り込んだ。

アルトくん同様、すごくふわふわしている。

とても不思議なことに、白狐族の毛は非常に硬いように見えるんだけど、ふわふわしてとても柔らかく感じる。

『ではいくぞ！』

巣の上から勢いよく飛び降りるリアムさん。

落下するリアムさんの身体の周囲には、色とりどりの魔法が浮かび上がる。

リアムさんはそのまま黒い犬たちが大勢集まっているところのど真ん中に勢いよく着地した。

それと同時に虹色の爆発が起こり、黒い犬たちが吹き飛んだ。

「あれ!? リアムさん！ 魔法が犬たちに効いてます！」

『そのようじゃな。ワタル殿もできるはずじゃ。試してみるとよい』

リアムさんに言われて、自分の中に新しく感じた力を強く意識してみる。

その力を右手に移すイメージで集中すると、バチッバチッと電気が走った。

僕はそのまま右手を黒い犬たちに向けて叫んだ。

「【聖なる稲妻《セイント・ライトニング》】！」

次の瞬間、右手から強烈な雷が放たれて、一瞬で黒い犬たちが消え去った。

これが、【神獣共鳴】によって使えるようになった、派生スキルみたいだ。

「僕も倒せました！」

『がーははは！ コテツ殿！ どっちが多く倒せるか勝負といこう！』

「ワンワンワン！」

いつの間にか足元に来ていたコテツが「望むところだ」と言っている気がする。

そういうことなら、僕も参戦しようっと！

リアムさんとコテツが同時に走り出す。

コテツの速さは知っているが、リアムさんもコテツと同じスピードで走ってくることに驚いているうちに、二人はあっという間に巨大ハイエナのところまでたどり着いた。

『よくも我が住処を荒らしてくれたな！』

リアムさんの怒声《どせい》と共に、強烈な雷が巨大ハイエナの一体を襲う。

その隙にコテツが電光石火のような斬撃を放ち、二体目の巨大ハイエナを攻撃する。

僕も右手から【聖なる稲妻《セイント・ライトニング》】を放って、三体目を倒した。

巨大ハイエナたちが倒れると、身体から靄のようなモノが立ち昇り、消えていった。

グレースさんと一緒に戦った時と同様、この三体も灰色の亡骸《なきがら》に変わった。

『今のは………』

どうやらリアムさんも気になる様子。

「ワンワン！」

『おっと。そうでありましたな。コテツ殿。今回はワタル殿と三人引き分けでありますな』

「あはは～、僕もちゃっかり参戦させてもらったからね～」

「ワンワン！」

こうして白狐族の住処にようやく平穏が訪れた。

第9話

『『ワタルくん！　ありがとう！』』

住処に集まった大勢の白狐たちから、感謝の言葉が伝えられる。

「コテツが一緒に頑張ってくれて、無事に助けられて本当によかったです」

『ワタル殿もコテツ殿も本当にありがとう』

「いえいえ。僕も新しい力を手に入れましたし、リアムさんと心を通わせられて嬉しかったです」

『ああ。まさかわしが生きているうちに【神獣共鳴】を体験できるとはな』

新しいスキル【神獣共鳴】。

どうやら仲良くなった神獣と、お互いの力を共鳴させて同時に強くなれるスキルみたい。

ただし、一度使うと次に使えるまで数十日はかかるらしい。

僕のレベルが上がって【コスト軽減（レベル比）】がもっと上昇すれば早く使えるようになるだろうけど、それでもすごく時間がかかるだろう。

『それでは宴会といこう！』

「あっ！　待ってください！」

『うむ？』

「グレースさんを迎えに行かないと！」

『ははっ。それには及ばないぞ。彼女なら、今夜には自力でたどり着くだろうからな』

「そうなんですか⁉」

『ああ。彼女とは長年一緒にいるからなんとなく分かるんだ。むしろ迎えに行ったら怒られかねないのじゃ』

あはは……グレースさんって家庭内でもすごく強いみたいだね。

そして、すぐに白狐たちが慌ただしく宴会の準備に動き始めた。

『それにしても、アルトもようやく戦士としての証を開花させたのじゃな』

「戦士としての証？」

『ああ。我々白狐族は何かを守りたいという心から、身体が大きく成長するのじゃ。アルトもこれで一歩大人になったのじゃろう』

確かに今のアルトくんからは、以前よりも、家族を守りたいという決心が感じられる気がする。


次々と運ばれてくるお肉と野菜。

脚の短いテーブルも並んで、どこか人族や魔族の宴会のような雰囲気だ。

中央には焼き場があって、そこで大きな牛《うし》のような魔物が串に刺されて焚火《たきび》で焼かれ、宴会の準備が進められている。

　本当に人族みたいな食事だ。

『驚いたかね？』

「は、はい」

『それもそうだろう。これは古《いにしえ》の勇者様から教わったやり方でね。肉は焼いた方が美味しいと教えてもらったそうだ』

「あ～！　それは本当にその通りです。その勇者様って、昔猫耳族を救った勇者様かな～」

『ほぉ。ワタル殿は猫耳族を知っているのか？』

「はい！　僕が住んでいる街で一緒に過ごしています！　僕にとっては家族のような存在です」

『そうかそうか。これも何かの運命なのかもしれんの。猫耳族か……また懐かしい名前を聞いたものじゃ』

「今度皆さんを紹介しますね！」

『それは嬉しい。ぜひよろしく頼む』

　リアムさんと会話を重ねていると、お肉の焼けた美味しそうな匂いが漂ってきた。

　目の前で眠っていたアルトくんの鼻がピクピクと動き始める。

『む、む、むああああ！　エリアナさん特製の干し肉はどこだぁああああ！』

　アルトくんが変なことを言いながら起き上がった。

「アルトくん。エリアナさんの特製干し肉はないよ？」

『な、なんだってえええええ！』

「それより、みんなが助かったことを喜ぼうよ……」

『へ？』

『アルト』

『あ、あ、え、え、えっと、父上様!?』

『がははは っ！　ひと回り大きくなったと思ったが、アルトはまだまだアルトじゃな！』

リアムさんが笑いながらアルトくんの背中をバシバシと叩いた。

すると、アルトくんのお姉さんが口を開く。

『アルト』

『姉上様！』

『まだその変な口調を続けているのね。身体が大きくなって見違えたわよ』

『ほ、本当ですか!?』

なんだかお姉さんに認められて喜んでいるアルトくんが可愛らしい。

そんなアルトくんを見てみんなが大声で笑っていると、森から飛び出す白狐の影が見えた。

「あ！　グレースさんだ！　グレースさん～！　みんな無事ですよ～！」

グレースさんに向かって手を振る。

リアムさんとアルトくん、お姉さんの顔を見て、こちらに向かって全力疾走しているグレースさんが安堵しているように見える。

すっかり元気になったグレースさんがあっという間にこちらに着いた。

『グレース！』

『貴方！　みんなも無事のようですね』

『ああ。ワタル殿の助けがなかったらどうなっていたことか……』

グレースさんが僕に近づいてくる。

『ワタルくん。本当にありがとう』

「いえいえ！　アルトくんが頑張ってくれたおかげです！」

今度はみんなの視線がアルトくんに向くと、慣れないのかビクッとして左右にプルプルと首を振る。

そんな彼の姿に、グレースさんたちは愛おしそうな視線を送る。

『アルト。貴方も白狐族の一員。しっかり一族を守ったことは、親としてとても誇りに思うわ』

『母上様………』

ちょっぴり恥ずかしそうなアルトくんの頭を、グレースさんとリアムさんが優しく撫でる。

親子ってすごくいいね。

すると、アルトくんのお姉さんが口を開いた。

『名乗るのは初めてだったわね。私は白狐族のカミラ。アルトの姉よ』

「あ～！　アルトくんから話は聞いています！　よろしくお願いします」

『あら？　アルトからどんな話を聞いたのかしら？』

少し吊り上がった目がちょっと怖い。

アルトくんに聞いた通り、強くてかっこよく……あと、怒らせたらとんでもなく怖そうだ。

「すごく美人の姉上様だと……」

『ふふっ。今日は素直に受け取っておくわ。それはそうと……お母さん～、宴会の準備もそろそろ終わります～』

『今日はご馳走だね～。ワタルくんもコテツ殿もいっぱい食べてね！』

「はい！」

「ワン！」

テーブルに小分けされたお肉が運ばれてくる。

お肉を焼く係の白狐さんが、焼けたお肉を切り分けていた。

切られたお肉は魔法のように宙《ちゅう》を舞って、大皿に載せられていった。なんだか曲芸を見ているかのようだ。

皿は大きな葉っぱを何枚か重ねて作ったものだ。

白狐さんたちが運んでくれた美味しそうなお肉を、コテツと一緒に食べる。

「いただきます！」

「ワンワン！」

棒を一本渡されて、お肉に刺して口に運ぶ。できれば二本あれば箸みたいに使えるんだけどね。

「ん!?　お、美味しい〜！」

口の中に広がるのは、果てしなく溢れる肉汁と、野性味をたっぷり感じられる強い旨味。歯ごたえもよく、噛んでいて幸せな気持ちになる。

隣のコテツもよほど美味しいのか、可愛らしい短い尻尾を左右にガンガン振って喜びを表している。

「グレースさん！　すごく美味しいです！」

『ええ。うちのお肉焼きは長い訓練を積んだ者にしか任せないからね』

す、すごい！　白狐のお肉焼きさんってなんだかかっこいいかも！

チラッとお肉焼きさんを見ると、一生懸命にお肉を焼いては鋭い爪でぴょんぴょんと切り分けている。

その間にチラッと僕を見るお肉焼きさん。

「あ！　お肉、すごく美味しいです！　ありがとうございます！」

少し微笑んだお肉焼きさんが後ろ足を軽く上げて挨拶をして、また一生懸命にお肉を焼き始めた。

『あの焼き方も古の勇者様が伝えたとされているのさ』

「そうなんですね！　本当に優しい方だったんですね」

『そうだね。でなければ、ここら一帯の種族は魔物に呑《の》まれたか、別種族に狩られていただろうね。特に人族とかね』

なんとなくグレースさんの暗い雰囲気から、人族と異種族との戦いは昔から続いている感じがした。

アルトくんが近づいてきて、美味しい飲み物があると言って、黄色い液体が入った大きなお椀《わん》を渡してくれた。

液体からは柑橘《かんきつ》系の香りがして、一口飲んでみると、爽やかな甘さとほんの少しの酸っぱさがあり、とても美味しいオレンジジュースのようだった。

「すごく美味しい！」

『だろう～！　これはオランジ果実水というんだぜ！』

オレンジのことをこの世界ではオランジと呼ぶんだね。覚えておこう。

それからは、アルトくんが僕にだけフランクに話しかけてくれるようになった。


その日の夜。

『さて、そろそろ子どもは寝る時間だよ～』

どうやら白狐族も夜は子どもに早寝させるようだね。

アルトくんは素直に従って、テントのような形の巣の中に入っていった。
僕も続いて中に入ると、床はふかふかでとても暖かく感じた。
『ワタル。ここで寝ようぜ～』
「い～よ。コテツもおいで～」
コテツを久々に両手で抱きかかえて、丸まったアルトくんの隣に横たわった。
ただ、枕がないから首が少し寂しい。
床に敷かれている絨毯《じゅうたん》のような毛を集めて枕みたいにしたら怒られるかな？
その時。
入口から一匹の白狐が中に入ってきた。
『ぬあっ⁉　あ、姉上様⁉』
『何よ』
『い、いえっ！　どうして僕の巣に？』
『ワタルくんがここにいると聞いたから』
僕？
「えっと、僕がどうかしたんですか？」
『ええ。人族は枕がないと眠れないと聞いたから』
『そうだったのか⁉』

「あはは……確かにあった方が眠りやすいですが……えっと、床の毛を集めさせてもらってもいいですか？」

『ダメ』

『いいよ？』

二人の声が重なる。

直後、カミラさんの容赦《ようしゃ》のない殺気がこもった視線がアルトくんに向く。

『ひぃ!?』

『アルト』

『は、はい。姉上様』

『ダ・メ。よね？』

『はい。ダメでございます』

あぁ……アルトくんったら、すぐに負けてしまったね。

それにしてもどうしたんだろう？

次の瞬間。

僕を囲む形で丸まるカミラさん。

「カミラさん？」

『うふふ。さあ、寝ましょう』

そう言いながらカミラさんが左前足に僕の頭を乗せて枕代わりにすると、右前足で僕を抱きかかえた。

……大型犬に抱きかかえられてしまった感じだ。

「カミラさん？」

『さあ、夜も更《ふ》けてきたし、そろそろ寝るわよ』

「は、はい……」

なんとなく、これ以上何か言ったらすごく怒られる気がする。

アルトくんもそれを察知してか、頭を左右に振って、その場で小さく丸まった。

巣の大きさ的に、二匹の白狐が丸まって丁度いい感じだが、少しだけ窮屈《きゅうくつ》感がある。

その夜は、カミラさんの温かい腕（？）の中で眠った。

○

次の日の朝。

うぅ………カミラさんが放してくれないよ………。

『ワタルゥ……』

隣からものすごく小さい声で声をかけてくるアルトくん。

「アルトくん……」

『姉上様は少し長く眠るので、もう少しの辛抱《しんぼう》だぞ』

「ううっ……」

『大丈夫。噛んだりはしないと思うから』

とにかく小さい声で会話をすると、アルトくんが音を立てずに外に出ていった。

それにしてもアルトくんって朝早いんだね？　まだ外はお日様が昇ったばかりだというのに。

僕は前世からもそうだし、この世界に来てからも快眠が続いており、朝は早めに起きられる。

この世界にも魔道具による時計はあるんだけど、腕時計とか持っていないので今が何時なのか正確には分からないが、なんとなく体内時計で時間が分かる。

カミラさんの腕の温かさに甘えてもう一回眠ることにした。コテツもそれに気づいたのか起きようとはせず、そのまま再び眠りについた。


『うふふ。ワタルくん？』

「ん………」

目を覚ますと、美しい白狐の顔が視界に入る。

「カ……ミラ……さん？」

『おはよう。そろそろ起きる時間だよ』

意外と二度目の眠りは深かったみたい。

『うふふ。ワタルくんったら私の足の中でゆっくり休めたみたいだね』

「そうみたいです」

はい。少し嘘です。

アルトくんが用意してくれた水で顔を洗い、外に出た。

「グレースさん、リアムさん。おはようございます」

『『おはよう』』

二人は仲睦《なかむつ》まじい様子で僕を出迎えてくれた。

他の白狐たちはそれぞれ一定距離を空けて歩いているのに対して、二人の距離は非常に近く、ほぼくっついている。

それくらい仲がいいんだと思う。

『ワタルくんはこれからどうするんだい？』

「僕はこのまま旅を続けようかなと思ってます」

『旅？』

「はい。シェーン街から東を目指して旅をしているんです」

『そうだったのか』

僕が旅という言葉を口にすると、アルトくんの耳がぴくっと反応した。

「昨日は美味しいご飯をご馳走してくださってありがとうございました」

『いやいや、こちらこそ。我が一族を助けてくれて本当にありがとうね。何かお礼をしたいのだけれど、白狐族から贈れるようなものは何もなくてね……』

「大丈夫ですよ！　――――あ！　その代わりに！」

『代わり？』

「もしよかったら、今度シェーン街に遊びに来てくれませんか？　エレナちゃんやエリアナさん、ステラさんにエヴァさんもいて、きっと皆さんを歓迎してくれると思うんです」

僕がそう言ったら、カミラさん、アルトくん、リアムさん、グレースさんがなぜか動揺している。どうしたんだろうと思っていると、リアムさんが僕に尋ねる。

『まさか、魔王と知り合いなのかい？』

「はい！　エヴァさんとは同じ街に住んでいる仲です！　すごく優しいお姉ちゃんです」

『そうかい…………でもすまないが、魔王は私たちと会わないと思う』

「えっ？　どうしてですか？」

『…………恥ずかしい話、私たちは古の勇者様に大きな恩義を感じていてね。極力人族と戦わないと決めているのさ。だから今回の戦争に力を貸してくれと頼みに来た魔王を追い払ったのさ』

そうだったんだ…………。

そういえば、猫耳族も昔の勇者様に助けられたから、エヴァさんが魔王になる前は、魔族とあまり交流していないと言っていたよね。白狐族もきっと同じなんだね。

「大丈夫！　エヴァさんはそんな器の小さい方じゃないですから。僕の友達として行けば、きっと歓迎してくれますよ。それに人族と魔族の戦争もまもなく終わると思います。今は停戦状態ですし」

『停戦中？』

「はい。僕とコテツで勇者をボコボコにして、聖剣も奪いましたから」

『聖剣⁉』

聖剣という言葉にみんなが驚く。

僕はコテツに合図を送って、『勇者モード』になってもらった。

「コテツがくわえているその剣が、聖剣エクスカリバーなんです」

『『『えええええ⁉』』』

みんなは目が飛び出そうなくらい驚いた。

次第に他の白狐たちも集まってきて、コテツの剣が聖剣だと聞いて騒がしくなり始めた。

『まさか…………カミラ？』

グレースさんに呼ばれたカミラさんが答える。

『お母さん』

『カミラの予言通りになったんだね？』

『間違いないと思います。でもまさかコテツ殿が勇者様になるとは……私はてっきりワタルくんだと思ったんですけど……』

予言？　勇者様？　カミラさんって、何か特別な力があるのかな……？

僕は分からないなりに話し始めた。

「どうしてコテツが聖剣を使えるかは分かりませんけど、きっと聖剣くんの思いやりだと思います」

『『思いやり？』』

もちろん確証はない。

でも聖剣から伝わってくるモノがある。

「僕には先に叢雲という専用武器がありました。聖剣くんが仲間になったのはその後なんです。だから聖剣くんは叢雲の居場所を取らないように、コテツと力を合わせようとしたのかもしれません」

僕の中にいる叢雲と、コテツが持つ聖剣から温かい感情が伝わってくる。

すると聖剣はひときわ大きな光を発して、僕たちを祝福してくれているかのようだった。

『ワタルくん。私たちはワタルくんの友人として、いつでも力を貸すわ。招待してくれるならぜひシェーン街にも行かせてちょうだい』

「はい！」

グレースさんにそう言われ、その日、白狐族を全員連れて、シェーン街に帰還することになった。

第10話

カミラさんにぜひと言われて、シェーン街に向かう間はカミラさんの背中に乗って移動している。

コテツは走りたいそうで、カミラさんと並んで走っている。

『コテツ殿……！　速いですね！』

「ワン！　ワンワン！」

『あはは！　さすがですね！』

う…………時折カミラさんとコテツが何かを話しているんだけど、肝心なコテツの言葉が分からないから、何を話し合っているのか全く不明だ。

そもそもコテツの言葉が分からないのは、僕だけだよね⁉

エレナちゃんも、エヴァさんも、なんとステラさんまでコテツの言葉が分かるらしい。

うぅ……一応僕は飼い主のはずなんだけどな…………僕もいつかコテツと話してみたいな。

爆速で走るカミラさんの背中で通り過ぎる景色を楽しんでいると、あっという間に森を抜けた。

その先には平原が広がっていて、やがて視線の先に僕が住んでいるシェーン街が見え始めた。

ジエロ町は規模が小さかったので二階建ての建物ばかりだったが、シェーン街には五階建ての建物もある。

ただ、中には天井が高い平屋の建物もあって、身体が大きい魔族が住んでいる家だ。

「あそこがシェーン街です！」

僕が指差して言うと、白狐たちが一斉に吠え始めた。

狐の声って僕が思っていた以上に、凛々しいんだね。

戦いの最中は爆発音とかであまり聞こえなかったから、今更知った。

遠目に、シェーン街が何やらあたふたし始めているのが見える。

えっと…………。

「あああああ！　コテツ！　おいで～！」

急いでコテツを呼ぶと、走っている途中でも僕の方に跳び込んできてくれた。

「コテツ。ちょっとだけ我慢してね！」

「ワン！」

「どんと来いっ！」って言っている気がする。うん。そう信じる。

僕は全力でコテツを左右に振りながら叫んだ。

「みぃぃぃぃんなぁあああああああ～！　わぁぁぁたぁぁぁぁるぅぅぅぅぅだぁぁぁぁよおおお

おおおお～！」

段々近づいていくと、城壁の上でお腹を抱えて笑うエヴァさんとエレナちゃん、心配そうに見つめているステラさんとエリアナさんが見えた。

○

「おかえりなさい！　ワタルくん！」

「ただいま！」

エヴァさんが先頭で出迎えてくれた。

エヴァさんの脇には、戦いの準備をしていたらしい魔族たちの姿が見える。

どうやら敵の襲来だと思って、防衛を固めてくれたようだ。

だから、僕は旗の代わりに一生懸命にコテツを振って、敵じゃないとアピールしたのだ。

意外にもコテツは楽しかったようで、全く怒ってる様子はない。

それにしてもエレナちゃん……未だにお腹を抱えて笑いこけているんだけど。

コテツがエレナちゃんにまっすぐ跳びついて、顔を舐めてあげると、「コテツくん～、くすぐったいよぉ～！」とエレナちゃんが声を上げた。

「それにしてもまさか冒険に出かけて、次の日に白狐族を連れてくるなんて。予想もしてなかったわよ」

「あはは……アルトくんと出会って、色々あって白狐族と仲良くなったんです」

「たった一日で？」

「はい」

するとと僕の隣にいたカミラさんが一歩前に出て、エヴァさんの顔を覗き込んだ。

「あら、美しい白狐さんだね？」

「こちらはカミラさん。友達のアルトくんのお姉さんなんです。カミラさん、こちらはエヴァさん。魔王様です！」

僕が紹介していると、二人の間に火花が散っているように見えた。

あれ？　こういう光景……どこかで…………。

「ワタル様。おかえりなさい」

「ステラさん！　熱はもう大丈夫なんですか？」

「はい。おかげさまでよくなりました」

熱で寝込んでいたステラさんのことをすごく心配していたけど、元気になったのならよかった。

その後、シェーン街の皆さんに白狐族を紹介して、宴会が開かれた。

僕は二日連続だけど、みんなが仲良くしてくれるのはとても嬉しいので、こういう宴会は何度でも開いてほしいものだ。

○

次の日。

「おはよう～――――――って、何してるの？　アルトくん」

『お、おはよう。ワタル。ここになぜかスライムがいてな』

「あれ？　昨日挨拶してなかったっけ？」

宴会の時、フウちゃんたちをグレースさんたちに紹介したんだけど……。

『そうだったのか⁉　残念ながら会わなかったぞ。てっきり魔物かと思った』

「それは危なかった。うちのスライムたちは優しいから大丈夫だよ。僕の従魔なんだ」

『えええぇ⁉　スライムを従魔に⁉』

なぜかひどく驚いているアルトくんだけど、グレースさんたちに紹介した時も似た感じの反応だった。

スライムってそんなに珍しいのかな？

「みんな～！　ご飯の時間にしよう！」

僕は両手に五メートルくらいの長い鉄の棒を生成する。

その棒にスライムたちが一斉に跳びつく。

『おおおお！　スライムたちはそうやって食事をとるのだな!?』

「うん。魔力がいいんだって。僕が作った武器なら純粋な魔力が込められてるから美味しいみたい」

『お、美味しい？』

「…………アルトくん。いくらなんでもアルトくんにとっては美味しくないと思うよ？」

『それは分からないだろう？　もしかしたらすごく美味かもしれない！』

ただの鉄棒を見て涎を垂らす狐ってどうなの……。

スライムたちの食事が終わり、残った鉄棒を食い入るように見つめるアルトくん。

「アルトくん。食べてみる？」

『おお！　ぜひ食べてみたいな！』

食べやすいように棒を両手で持ち上げる。

鉄棒にかぶりつくアルトくん。

「…………」

『…………』

「…………」

『ワタル』

「うん？」

真剣な表情で僕を見つめるアルトくん。

『これ……………すごく不味《まず》い』

「そう言ったでしょう！」

アルトくんの食い意地には困ったものだ。

しばらくして。

『ワタル～、今日はどこに行くのだ？』

「ん～、グレースさんたちの件が終わったらまた東の方に行ってみようかな？」

『そうかそうか。母上様はこの街に住みたいと言っていたのだよな？』

実は昨日の夜の宴会の時。

グレースさんから、白狐族でシェーン街に引っ越してきてもいいかと相談を受けた。

もちろん僕は大歓迎で、一緒に聞いていたエヴァさんも賛成してくれて、白狐族の引っ越しが決まった。

ただ、シェーン街には空き地がないから、街を広げられないか試してみることになった。

シェーン街の南部の壁のところに行くと、既に多くの魔族が集まっていた。

「ワタルくん！　丁度いいところに来たね」

「エヴァさん。これから街を広げるんですね？」

「そうよ。でもこれ以上は厳しいかもしれないわ」

「どうしてですか？」

「この先の土が柔らかすぎるのよ。常に水気を含んでいて歩きにくいから住むのにも適さないの」

つまり、土がふかふかしている感じだろうか？

すると、数人の魔族が大声を上げた。

「野郎ども！　いくぞ！」

「「「おおおおお！」」」

彼らは確か、バフォメット族と呼ばれている魔族だ。前世でいう悪魔を体現したような姿で、頭に二本の巻き角とコウモリのような黒い羽根《はね》、黒い尻尾がある。

彼らがブツブツ呪文《じゅもん》を唱《とな》え、一斉に両手を前に出すと、魔法陣が空中に現れる。

ゴゴゴゴゴゴ――

すると地面が揺れ、目の前の壁が少しずつ動いていく。

「すごい！　壁が動いてますよ！　エヴァさん！」

「うふふ。魔族はこうやって魔法で街を広げるのよ。素材とかが色々必要だから、無限には広げられないんだけどね～」

言われて見てみると、壁の上に積み上がっている石が素材として消費されているのか、少しずつ減っていく。

どんどん広がっていく壁を、異世界らしくて面白いなと思いながら夢中になって眺めた。

シェーン街の南部の壁が広がって、広い空き地が生まれた。

エヴァさんが話していたことを思い出して、地面を恐る恐る踏んでみると、普通の乾いた硬い土ではなく、べちゃべちゃした柔らかい土だった。

これは確かに柔らかすぎて住むには適さなそうだ。

「あちゃ……やっぱり厳しかったか………」

エヴァさんも地面を確認して溜息を吐《つ》いた。

せっかくグレースさんたちが住みたいと言ってくれているのに、土がこうだと残念だね………。


―【大地の女神の加護】により、スキル【聖地《せいち》】を獲得しました。―


あれ!?　新しいスキル？

「どうしたの？　ワタルくん」

新しいスキルの獲得の声に驚いている僕を、エヴァさんが不思議そうに見つめる。

「エヴァさん！　もしかしたらなんとかなるかもです！」

「えっ？」

使い方は知らないけれど、地面に両手を当ててみる。

ドクン。

地面からは心臓の音に似た波動を感じる。

土と繋がりを持った感覚。きっと新しいスキルの効果だと思う。

「――――うん。ここにみんなを住まわせてほしいんだ。僕の魔力を分けてあげることしかできないけど、よろしくね。――――スキル【聖地】」

身体の中の魔力が減っていくのを感じる。

周囲の大地が美しい翡翠色の光を帯びて、幻想的な雰囲気だ。

初めて大地と繋がった僕は――――そのまま気を失った。

○

「ん…………ここ……は……」

「ワタル！　気分はどう？」

「エレナ……ちゃん？」

「うん！　ここは療養所だよ？　ワタルが急に倒れて大騒ぎになったの」

「そっか……なんだか……身体に力が……入らない……？」

「こらこら。病人は喋らずに休んどけ」

療養所のハーミットさんがエレナちゃんの頭に手を置いて、やれやれと溜息を吐いた。

「ワタルくんは大地に魔力を吸われすぎたせいで倒れたのだ。今日一日はもう動けないはずだから、ゆっくりしな」

話すとまた怒られそうなので小さく頷いて返す。

それからエレナちゃんがシェーン街であったことを話してくれた。

僕の新しいスキルで白狐族が住む土地が確保できたという。本当に嬉しい。

すると、何やら大きな物音がして、数人が療養所に入ってきた。

「ワタルくん〜、起きた〜？」

「エヴァお姉ちゃん。ワタル、今話せないみたい」

「そう。あんなに魔力を吸われたんだもの。むしろ数時間で目を覚ましたのがすごいわ。そうだ、身体にいいモノを作ってきたよ〜」

なるほど！　さっきから漂っていた美味しそうな匂いはそれか！

身体は動かせないけど、お腹は空いているからとても助かる。

そういえば、エヴァさんの他にステラさんと、初めて見る赤い髪の女性がいる。

誰だろう？

どこかで会ったことがあるような？

三人は、僕の前にいくつかの料理を並べてくれた。

テーブルの上の美味しそうな料理に思わずつばを飲む。

エレナちゃんが僕をベッドから起こしてくれる。

ただ、手に力が入らなくて食べれないっ！

と、その時。

「さあ、あ～んして、ワタルくん」

エヴァさん!?

不可抗力で、エヴァさんから美味しいサラダを食べさせてもらった。

噛むことはできるから、なんとか食べられそうだ。

「うふふ。ワタル様、これもどうぞ」

ステラさん!?

ふわふわした豆腐《とうふ》のような食べ物を口に運んでくれる。

お肉もいいけど、こういう豆腐のような食べ物もすごく美味しい！

今度は赤い髪の人が、何も話さず美味しそうな魚を食べやすいサイズに切って口に運んでくれた。

美味しい！　淡白だけど魚の旨味が凝縮したような美味しさだ。

それにしても誰なんだろう？

エヴァさんとステラさんと知らないお姉さんからご飯を食べさせてもらい、お腹が膨《ふく》らんだらなんだか眠くなって、そのまま夢の世界に旅立っていく。
その途中で、心の中にステータスが浮かんだ。

《ステータス》
名前：ワタル
種族：人族
年齢：八歳
加護：【チュートリアル】
　　　【大地の女神の加護】
レベル：50
HP《体力》：990
MP《魔力》：990
STR《力》：491+500
VIT《生命力》：491+500
DEX《器用》：491+500
AGI《俊敏》：491+500

INT《知力》：491+500
RES《精神力》：491+500
《スキル》
【武器防具生成】専用武器：叢雲、エクスカリバー
【成長率（チュートリアル）】
【経験値軽減特大】
【全ステータスアップ（レベル比）】全ステータス+500
【コスト軽減（レベル比）】全スキル50%減
【拠点帰還】シェーン街の屋敷
【レーダー】
【魔物会話】
【初級テイム】スライム×47
【ペット召喚】コテツ
【ゴッドハンド】派生スキル：【慈愛の手】
【神獣共鳴】派生スキル：【聖なる稲妻《セイント・ライトニング》】
【聖地】

○

「わあ！　すごいふかふかしてる！」

新しく広がった土地に行くと、ふかふかの草がたくさん生えていた。

どうやら僕が使ったスキルで芝生《しばふ》が生えたようで、今朝起きた時にエヴァさんが教えてくれた。

芝生を走り回っているコテツと白狐たちに目を奪われていると、グレースさんが近づいてきた。

『ワタルくん』

「グレースさん！」

『こんなに住みやすいところは初めてだわ。それに魔力もふんだんに含んでいるようだから、私たちも快適に過ごせるわ』

グレースさんが言う通り、芝生からは強めの魔力が感じられる。

「魔力が多いとグレースさんたちは過ごしやすいんですか？」

『そうね。人族は空気を吸うんでしょう？　私たちは魔力を吸わないと体調が悪くなっていってしまうからね。それにここの魔力はとても澄んでいて気持ちいいわ』

人も自然に囲まれていると、空気が美味しいと感じるよね。

きっとそれに似たような感覚なのだろう。

「グレースさん、これから白狐族はここで暮らしていけそうですか？」

『もちろん、そうさせてもらえると嬉しいわ』

「僕は大歓迎です！　エヴァさんも賛成してますからね！　これからは魔族と仲良くしてくださいね？」

『うふふ。大丈夫よ。魔王と話し合って、仲直りしたから。それよりワタルくんはこれからどうするの？』

「元々東を目指して旅に出ようかと思っていたんです」

『旅か……それだとあまり会えないわね？』

グレースさんが少し寂しそうな表情を見せる。

「いえ！　僕のスキルでいつでも帰ってこれますから、よく街にいると思います～」

『転移魔法が使えるの!?』

グレースさんも転移魔法という言葉に反応する。

それにしても、みんな、転移魔法をすごく気にするよね。

確かにこの世界で最も時間がかかるのは、間違いなく移動の時だ。それを短縮できる転移魔法ならすごく便利だと思う。

「残念ながら、僕だけ帰ることができるスキルなんです」

『あら、それでも一瞬で帰ってこれるのはすごいことよ。それなら私たちがここで暮らしていても、ワタルくんと全く会えないということはなさそうね』

グレースさんが、ほっとした表情で言う。

「そうですね。旅に出て何日か帰ってこない日もあるかもしれませんけどね」

『うんうん。男はもっと世界を渡り歩いてみるといいのよ』

すると後方からアルトくんとカミラさんがやってきた。

「アルトくん、カミラさん」

『おはよう。アルト、カミラ』

『お母さん。話があります』

やってきた二人は何やら真剣な表情で、グレースさんに詰め寄った。

僕は席を外した方がいいのかな？　と思っていると、カミラさんがふわふわした尻尾で僕を逃さないというように包み込んだ。

『カミラ？　どうしたの？』

『実は――――私たちもワタルくんと一緒に旅に出たいと思います』

「えええええ!?」

『………………そう。アルトも？』

『は、はいっ！　母上様！』

『はぁ、仕方ないわね。若い時は旅に出たがるモノだし………………でもワタルくんは帰ってこれても、二人は帰ってこれないでしょう？』

『走って帰ってきます』

近いところならできるだろうけど……遠いところとなると何日もかかることになるだろうから、危ないと思うんだけど………。

『困ったわね……』

『ワタル！』

「うん？」

『ワタルのスキルで僕も移動できないか試してほしいんだ！』

「ん～いいけど、前はできなかったよ？　――あ～でも最近レベルもたくさん上がったから、もしかして進化してるのかな？」

『おぉ！　ぜひ頼む！　僕も世界を見て回りたいんだ！』

あはは………まだ一緒に行くとは一言も言ってない気がするけど………まぁいっか。

「分かったよ。じゃあ、一回触れるからね」

アルトくんの背中に手を乗せる。

ワクワクしているのか、アルトくんの身体の振動が手に伝わってくる。

「スキル【拠点帰還】！」

久しぶりに【拠点帰還】を使用すると、目の前の景色が一瞬で芝生から屋敷の壁に変わる。

ちなみに、登録場所は引っ越しの時に、ジエロ町の物置からシェーン街の屋敷に変えておいた。

その時。

『うおおおお！　一瞬で移動したぞおおおお!?』

どうやら僕の【拠点帰還】が進化したみたいで、アルトくんも一緒に移動していた。

『ワタル！　ありがとう！』

「ううん！　誰かと一緒に帰れることが分かったから、こちらこそありがとうだよ！」


アルトくんのおかげで、僕の【拠点帰還】が複数人でも使えるのが分かった。

屋敷まですぐに走ってきたカミラさんにせがまれて、今度は二人と一緒に試してみると、ちゃんと移動できた。

カミラさんが一緒に旅に行けるとすごく喜んでくれたのが印象的だ。

その騒ぎを聞きつけたエレナちゃんとステラさんもやってきて、【拠点帰還】で試す人数がどんどん増えていく。

【拠点帰還】のもとの使用魔力は30だったんだけど、レベルが50になってからはスキルのおかげで15になった。

しかし、僕以外の人と一緒の場合、一人につき使用魔力は30必要だった。

つまり、僕本人は15で飛べるのに対して、他の人は一人につき二倍の魔力が必要だってことが分かった。

それと同時に移動できる人数は、今のところ僕の他は五人まで。最大人数だと１６５も魔力を使うこととなる。これはコテツが入った場合も同じだけど、コテツは召喚し直せるので、コテツは除いて五人が一緒に使える。

今回の旅にはアルトくんとカミラさんがついてくる気満々のようなので、あと三人の枠があるのだけれど、エレナちゃんはまだ幼いし、ステラさんは人族なので魔族領をあまり歩かない方がいいと判断して、シェーン街で生活を続けてもらうことにした。エヴァさんは魔王なのでシェーン街で国境を守る。

ということで、最終的に旅に出かけるのは、僕、アルトくん、カミラさん、コテツ――そして、なぜかフウちゃんの三人と二匹……いや、一人と四匹？　になった。

ステラさんが用意してくれた鞄の中に旅セットを入れて、アルトくんの背中に乗せる。

アルトくんとカミラさんが背負える作りにしてくれたみたいで、お腹側にひもを通して固定する感じだ。

「またいってきます！」

「『いってらっしゃい！』」

ステラさんやグレースさんたちに見守られながら、僕は二度目の旅に出かけた。

●各定価：1320円（10%税込）
●illustration：ヤマーダ

1～27巻好評発売中!!

CV

アース：石川界人
田中大地：浪川大輔
フェアリークィーン：上田麗奈
ツヴァイ：畠中祐 ／ ミリー：岡咲美保

監督:中澤勇一 アニメーション制作:MAHO FILM

超自由度を誇る新型VRMMO「ワンモア・フリーライフ・オンライン」の世界にログインした、フツーのゲーム好き会社員・田中大地。モンスター退治に全力で挑むもよし、気ままに冒険するもよしのその世界で彼が選んだのは、使えないと評判のスキルを究める地味プレイだった！——冴えないおっさん、VRMMOファンタジーで今日も我が道を行く！

漫画：六堂秀哉
●各定価：748円（10%税込）●B6判

コミックス1～10巻好評発売中!!

没落した貴族家に拾われたので
恩返しで
復興させます
六山葵
Aoi Rokuyama
魔法の才で偉くなって
没落した実家を
立て直そう!
悪魔にも愛されちゃう
少年の王道魔法ファンタジー!
あくどい貴族に騙され没落した家に拾われた、元捨て子の少年レオン。彼の特技は誰よりもずば抜けた魔法だ。たまに夢に見る不思議な赤い本が力を与えているらしい。才能を活かして魔法使いとなり実家を立て直すため、レオンは魔法学院に入学。素材集めの実習や友人の使い魔(猫)捜し、寮対抗の魔法祭……実力を発揮して、学院生活を楽しく充実させていく。そんな中、何かと絡んできていた王国の第二王子がきっかけで、レオンの出自と彼が見る夢、そして魔法界の伝説にまつわる大事件が発生して——!?
●定価:1320円(10%税込) ●ISBN 978-4-434-32187-0 ●illustration:福きつね
家はボロ小屋
風呂も洗濯も川の水
アルファポリス

工芸職人《クラフトマン》はセカンドライフを謳歌する
鈴木竜一
Ryuuichi Suzuki
天才工芸職人の
のんびり
プチ隠居ライフ、
開幕！
ブラック商会を
クビになったので
DIYに
旅行に
畑いじり!?
好きなことだけで生きていく

工芸職人《クラフトマン》はセカンドライフを謳歌する
鈴木竜一
ブラック商会をクビになったので
DIYに
旅行に
畑いじり!?
好きなことだけで生きていく
天才工芸職人の
のんびり
プチ隠居ライフ、
開幕！

sarawareta tensei ouji ha shitamachi de slow life wo mankitsuchu!?

攫われた転生王子は下町でスローライフを満喫中!?

伽羅 kyara

1・2

発明好きな少年の正体は——
王宮から消えた第一王子?

前世の知識で大改革しながら

のびのび下町ライフ!

アルファポリス
第2回
次世代ファンタジーカップ
スローライフ賞
受賞作!!

生まれて間もない王子アルベールは、ある日気がつくと川に流されていた。危うく溺れかけたところを下町に暮らす元冒険者夫婦に助けられ、そのまま育てられることに。優しい両親に可愛がられ、アルベールは下町でのんびり暮らしていくことを決意する。ところが……王宮では姿を消した第一王子を捜し、大混乱に陥っていた!　そんなことは露知らず、アルベールはよみがえった前世の記憶を頼りに自由気ままに料理やゲームを次々発明。あっという間に神童扱いされ、下町がみるみる発展してしまい——発明好きな転生王子のお忍び下町ライフ、開幕!

●各定価:1320円(10%税込)　●illustration:キッカイキ

この作品に対する皆様のご意見・ご感想をお待ちしております。

おハガキ・お手紙は以下の宛先にお送りください。

【宛先】

〒150-6008 東京都渋谷区恵比寿4-20-3 恵比寿ガーデンプレイスタワー 8F
（株）アルファポリス　書籍感想係

メールフォームでのご意見・ご感想は右のＱＲコードから、
あるいは以下のワードで検索をかけてください。

アルファポリス　書籍の感想　検索

ご感想はこちらから

本書は Web サイト「アルファポリス」（https://www.alphapolis.co.jp/）に投稿されたものを、改題・改稿、加筆のうえ、書籍化したものです。

便利《べんり》すぎるチュートリアルスキルで異世界《いせかい》ぽよんぽよん生活《せいかつ》

御峰《おみね》。

2023年 6月30日初版発行

編集ー佐藤晶深・田中森意・芦田尚
編集長ー太田鉄平
発行者ー梶本雄介
発行所ー株式会社アルファポリス
〒150-6008 東京都渋谷区恵比寿4-20-3 恵比寿ガーデンプレイスタワー8F
TEL 03-6277-1601（営業）　03-6277-1602（編集）
URL https://www.alphapolis.co.jp/
発売元ー株式会社星雲社（共同出版社・流通責任出版社）
〒112-0005 東京都文京区水道1-3-30
TEL 03-3868-3275
装丁・本文イラストーもちつき うさ
装丁デザインームシカゴグラフィクス
印刷ー図書印刷株式会社

価格はカバーに表示されてあります。

落丁乱丁の場合はアルファポリスまでご連絡ください。

送料は小社負担でお取り替えします。


ISBN978-4-434-32194-8 C0093